中国古今名人
沙漠诗词选萃

郝诚之◎编著

远方出版社

图书在版编目（CIP）数据

中国古今名人沙漠诗词选萃 / 郝诚之编著 . -- 呼和浩特 ：远方出版社，2019.4

ISBN 978-7-5555-1291-2

Ⅰ . ①中… Ⅱ . ①郝… Ⅲ . ①诗词－作品集－中国 Ⅳ . ① I122

中国版本图书馆 CIP 数据核字 (2019) 第 069725 号

中国古今名人沙漠诗词选萃
ZHONGGUO GUJIN MINGREN SHAMO SHICI XUANCUI

编　　著	郝诚之
责任编辑	孟繁龙
责任校对	秋　生
装帧设计	王改英
封面题字	夏　日
出版发行	远方出版社
社　　址	呼和浩特市乌兰察布东路666号　邮编 010010
电　　话	(0471) 2236470 总编室　2236460 发行部
经　　销	新华书店
印　　刷	内蒙古爱信达教育印务有限责任公司
开　　本	145mm×210mm　1/32
字　　数	250千
印　　张	9
版　　次	2019年4月第1版
印　　次	2019年4月第1次印刷
标准书号	ISBN 978-7-5555-1291-2
定　　价	48.00元

序

　　沙漠诗词是诗词海洋中的瑰宝，中国古今的诗人们，以其生花的妙笔写下了无数优美的作品。"大漠孤烟直，长河落日圆"，诗人笔下的大漠一片静谧，经过时间的磨砺，这些诗词已成为不朽经典。

　　《中国古今名人沙漠诗词选萃》整理收录了与中国西北地区沙漠瀚海相关的名家诗词。它的出版，前后历经了十余年时间，郝诚之同志付出巨大心血。2008年初稿形成，经四年增删甄选，2012年形成第二稿；2014年郝诚之同志担任恩格贝沙漠博物馆第二次布展工作高级顾问，提及此事，便由馆方提出与自治区沙产业草产业协会共同出版此书。2015年郝老仙逝，此书的注解工作遇到困难，经协会与恩格贝沙漠博物馆工作人员共同努力，大量查阅典籍，又经两年时间为诗词作注，如今得以出版，完成了郝老遗志，实为幸矣。

　　编委会由衷地将本书奉献给热爱诗词、关注沙漠的诗友们，对于成书中出现的讹误，万望批评指正。

内蒙古沙产业草产业协会会长

张卫东

目录

汉

隋

唐

1

五代

宋

3

元

近现代

汉

西极[1]天马歌

刘　彻

天马徕[2]兮[3]从西极，经万里兮归有德。
承灵威兮降外国，涉流沙兮四夷[4]服。

作者简介

刘彻（公元前 156 年—前 87 年），汉武帝，汉朝的第 7 位皇帝，中国古代伟大的政治家、战略家、诗人、民族英雄。7 岁时被册立为皇太子，16 岁登基，在位五十四年（公元前 141 年—公元前 87 年），在位期间击破匈奴、吞并朝鲜、遣使出使西域。独尊儒术，首创年号。他开拓了汉朝最大的版图。公元前 87 年刘彻崩于五柞宫，享年 70 岁，葬在茂陵，庙号世宗，谥号"孝武"。

[1]　西极：西方极远之地。
[2]　徕：古"来"字，到来。
[3]　兮：语气词。
[4]　四夷：中国古代对四方各少数民族的统称。

编者按

　　这是一首赞颂汉朝得到汗血马的诗。前 119 年，张骞奉汉武帝之命第二次出使西域，抵达乌孙（今伊犁河上游地区），要与乌孙联盟以牵制匈奴，从而减轻匈奴对汉朝的威胁。乌孙工认为同国力强盛的汉朝联姻，也会使乌孙的繁荣得到保障，便派使者向汉武帝献上一千余匹乌孙骏马为礼物，希望能娶汉室公主为妻。汉武帝十分高兴，命名乌孙马为"天马"，并将江都王刘建之女刘细君作为公主嫁给乌孙王。后贰师将军李广利远征大宛，又获得汗血马，于是把乌孙骏马虎改称"西极"，而把汗血马称为"天马"。在中西文化交流史上，正是这批"天马"的西来，标志着丝绸之路的正式开通。

别　歌

李　陵

径万里兮渡沙漠，为君将兮奋[1]匈奴。

路穷绝兮矢刃摧[2]，士众灭兮名已颓[3]。

老母已死，虽欲报恩将安[4]归！

作者简介

　　李陵（前134—前74年），字少卿，陇西成纪（今甘肃天水市秦安县）人。西汉名将、飞将军李广的长孙，李当户的遗腹子。善骑射，爱士卒，颇得美名。天汉二年（前99年）奉汉武帝之命出征匈奴，率五千步兵与八万匈奴兵战于浚稽山，最后因寡不敌众兵败投降。由于汉武帝误信李陵替匈奴练兵的讹传，汉朝族灭其家，母、弟、妻、子皆被诛杀，致使李陵彻底

---

[1]　奋：抗击。

[2]　摧：折断。

[3]　颓：衰败，败坏。指声名破裂。

[4]　安：疑问代词，问处所，哪里、何处。

与汉朝断绝关系。后来且鞮侯并封其为右校王。汉武帝死后，汉昭帝即位。汉匈和亲，李陵少时的同僚霍光、上官桀当政，派人劝李陵回国，李陵"恐再辱"，拒绝回大汉，遂于前74年老死匈奴。李陵的后半生充满国仇家恨的矛盾，他本人也因此引起争议。他的传奇经历使他成为后世文艺作品塑造的对象及原型。

编者按

前82年（汉昭帝始元五年）冬，在冰天雪地的漠北穹庐，两位年近六十的老人正酌酒对饮：一位是曾以五千步卒，"横挑强胡"，终于"矢尽道穷"而屈降匈奴的武将李陵，另一位面容憔悴、"须发尽白"，他就是曾啮雪吞旃、牧羊北海，居匈奴十九年而不改其节的汉使苏武。此刻，苏武即将还归汉廷；而李陵却只能长留"异域"，在耻辱中度其余生。诀别之际，李陵悲慨难抑，席间"起舞"，唱出了这首"一别长绝"的悲歌。并不是所有的降将都贪生怕死，作为汉朝名将李广的孙子，李陵当年也曾有过奋击匈奴的壮举。此歌开头两句，正是抚今追昔，回顾了当年的一段难忘经历，这件事发生在前99年，当时官居骑都尉的李陵，豪迈地向武帝请战："愿以少击众，步兵五千人涉单于庭！"当年九月，李陵出塞数千里，与匈奴单于所率主力八万余骑，展开了一场生死激战。李陵的《答苏武书》，曾以雄放的笔调，描述了这场惊心动魄的战斗。

悲愤诗[1]·其二

蔡 琰

嗟薄祜[2]兮遭世患，宗族殄[3]兮门户单。

身执略[4]兮入西关，历险阻兮之羌蛮。

山谷眇兮路漫漫，眷东顾兮但悲叹。

冥当寝兮不能安，饥当食兮不能餐，

常流涕兮眦[5]不干。薄志节兮念死难，

虽苟活兮无形颜。惟彼方兮远阳精，

阴气凝兮雪夏零。沙漠壅兮尘冥冥，

有草木兮春不荣。人似兽兮食臭腥，

---

[1] 蔡琰（yán）《悲愤诗》共二首，此为其二。

[2] 祜（hù）：福分。薄祜：福分浅薄。

[3] 殄（tiǎn）：毁灭。

[4] 执略：被掳，掳掠。

[5] 眦（zì）：眼角。

言兜离兮状窈停[1]。岁聿暮兮[2]时迈征，

夜悠长兮禁门扃。不能寝兮起屏，

登胡殿兮临广庭。玄云合兮翳月星，

北风厉兮肃泠泠。胡笳动兮边马鸣，

孤雁归兮声嘤嘤。乐人兴兮弹琴筝，

音相和兮悲且清。心吐思兮胸愤盈，

欲舒气兮恐彼惊，含哀咽兮涕沾颈。

家既迎兮当归宁，临长路兮捐所生[3]。

儿呼母兮啼失声，我掩耳兮不忍听。

追持我兮走茕茕，顿复起兮毁颜形。

还顾之兮破人情，心怛[4]绝兮死复生。

作者简介

　　蔡琰，字文姬，陈留圉（今河南杞县南）人，生于173年，卒年不详。（据谭正壁《中国文学家大词典》，蔡琰生活的时代约在162至239年之间）是东汉末年大文学家蔡邕的女儿，三国时期的著名女诗人、古琴家，擅长文学、音乐、书法，"博学而有才辩，又妙于音律"。初嫁于卫仲道，丈夫死去回到自

　　[1] 兜离：形容言语难懂。窈停：形容深目高鼻貌。这里是对到了胡地言语不通、相貌不同的感叹。

　　[2] 聿：语气助词。岁聿暮兮，即岁暮，一年将尽之时。《诗经·蟋蟀》："蟋蟀在堂，岁聿其莫。"

　　[3] 捐：舍弃。捐所生，即舍弃自己的儿子。

　　[4] 怛（tiǎn）：忧伤。

己家里。后匈奴入侵，蔡琰被匈奴左贤王掳走，并生育了两个儿子。十二年后，曹操统一北方，用重金将蔡琰赎回，并将其嫁给董祀。《隋书·经籍志》著录有《蔡文姬集》一卷，但已经失传。现在能看到的蔡琰作品只有《悲愤诗》二首和《胡笳十八拍》。历史上记载的蔡琰事迹并不多，但"文姬归汉"的故事却在历朝历代广为流传。

编者按

《悲愤诗》（其一）悲愤激昂，在建安诗歌中别具一格，它深受汉乐府叙事诗的影响，都是自叙身世的民间叙事诗，另一方面又揉进了文人抒情诗的写法。前人指出它对杜甫的《北征》《奉先咏怀》均有影响。它与《古诗为焦仲卿妻作》，堪称建安时期叙事诗的双璧。

《悲愤诗》（其二）同样是以动中自己的痛苦经历为内容，但与"其一"的突出叙事不同，本诗因（一）采用了更适合抒情的楚辞本，（二）应用了融情于景的艺术手法，所以体现出鲜明的抒情色彩。

隋

饮马长城窟行·示从征群臣 [1]

杨 广

肃肃秋风起，悠悠行万里。

万里何所行，横漠 [2] 筑长城。

岂台 [3] 小子智，先圣之所营。

树兹万世策，安此亿兆生。 [4]

讵敢惮焦思，高枕于上京。 [5]

---

[1] 这首诗收录于《宣统固原州志》《民国固原县志》。

[2] 漠：横贯北部边境的沙漠，泛指北部边塞。

[3] 台：我的谦称。这两句是说并不是我多么有才能，而是祖辈们世代经营的结果。

[4] 兹：此。生：人民。这两句的意思是定下这次远征辽东的政策，是为了统一国家，消灭战乱，让广大人民长期安居乐业。

[5] 讵（jù）：岂。焦思：焦虑忧愁。上京：指首都。这两句的意思是我怎么敢害怕劳苦焦虑而在京都享乐呢？

北河秉武节[1]，千里卷戎旌[2]。

山川互出没，原野穷超忽[3]。

摐金[4]止行阵，鸣鼓[5]兴士卒。

千乘万骑动，饮马长城窟。

秋昏塞外云，雾暗关山[6]月。

缘岩驿马上，乘空烽火发。[7]

借问长城候[8]，单于入朝谒。

---

[1] 北河：河名。黄河由甘肃流向河套，至阴山南麓，分为南北二河，北边一河称北河。《汉书·武帝纪》载：武帝曾于元封元年"北登单于台，至朔方，临北河"。武节，古代将帅以专制军事的符节。《汉书·武帝纪》元封元年诏："朕将巡边垂，择兵振旅，躬秉武节，置十二部将军，亲帅师焉。"秉武节：有些版本作"见武节"。

[2] 戎旌：军旗。

[3] 超忽：旷远的样子。

[4] 摐（chuāng）金：摐，通"撞"，打击金钲；金，指钲，行军布阵时用来节制步伐，指挥行阵。

[5] 鸣鼓：击鼓。

[6] 关山：指关塞险隘。

[7] 乘空：犹凌空，耸立空中。这两句意思是送物资军情的马匹在边道上快速奔跑，空中燃起了预警的烽火。

[8] 候：古时候侦察敌情的小吏。

沴气静天山[1]，晨光照高阙[2]。

释兵仍振旅[3]，要荒事方举[4]。

饮至告言旋，功归清庙前。[5]

作者简介

隋炀帝杨广（569—618年），604—618年在位，一名英，小字阿摩，华阴（今陕西华阴）人，隋文帝杨坚与文献皇后独孤伽罗次子，隋朝第二位皇帝。在位期间修隋朝大运河，营建东都、迁都洛阳，改州为郡，改度量衡依古式，对后世颇有影响。然而频繁发动战争，如亲征吐谷浑、三征高句丽，加之滥用民力，致使民变频起，天下大乱，导致了隋朝的覆亡。大业

---

[1] 天山：山名，即祁连山。以匈奴称天为祁连而得名。这里泛指边塞。

[2] 高阙：塞名，故址在今内蒙古杭锦后旗北。《史记·匈奴列传》载：战国时，赵武灵王"自代并阴山下，至高阙为塞。"《水经注·河水》谓："山下有长城，长城之际，连山刺天，其山中断，两岸双阙，善能云举，望若阙焉，即状表目，故有高阙之。自阙北出荒中，阙口有城，跨山结局，谓之高阙戍。"汉卫青率十万人击匈奴，败右贤王于此。

[3] 释兵：放下武器，比喻平息战争。振旅：即整顿部队。这句意思是说，即使没有军事行动我们也操练士兵。

[4] 要荒：要，要服；荒，荒服。古称王畿外极远之地。亦泛指远方之国。

[5] "饮至"两句：饮至，古代国君外出，临行必告于宗庙，返回也必告于宗庙，并宴饮庆功，就是"饮至"。清庙：即宗庙、太庙，取其清静肃穆之意，故称。这两句是说，待战事结束，凯旋了，将告祭宗庙，设宴庆功。

十四年（618年），骁果军在江都发动兵变，杨广被叛军缢杀。唐朝谥炀皇帝，隋恭帝杨侗谥世祖明皇帝，夏王窦建德谥闵皇帝，《全隋诗》录存其诗四十多首。

编者按

　　有人认为此诗作于大业五年（609年）隋炀帝杨广西巡张掖之时，也有人认为，此诗是大业八年（612年）隋炀帝杨广率军百万，亲征辽东时所作。

　　《饮马长城窟行·示从征群臣》基调昂扬，气魄恢宏，颂扬了修筑长城的历史功绩，表现了隋朝军队的强大威势，成为千古名篇。后人评价此诗："通首气体强大，颇有魏武之风。"由此也奠定了隋炀帝的诗文在中国文学、诗歌史上的重要地位。

唐

饮马长城窟行[1]

李世民

塞外悲风切[2]，交河[3]冰已结。

瀚海百重波[4]，阴山千里雪。

迥戍[5]危烽火，层峦引高节[6]。

悠悠卷旆旌，饮马出长城。

寒沙连骑迹，朔吹[7]断边声。

胡尘清玉塞[8]，羌笛韵金钲[9]。

绝漠干戈戢[10]，车徒振原隰[11]。

---

[1] "饮马长城窟行"为汉代乐府古题。

[2] 切：凄切。

[3] 交河：河名，在今新疆维吾尔族自治区吐鲁番市境内。

[4] 瀚海：沙漠。波，这里指沙丘起伏状。

[5] 迥（jiǒng）戍：遥远的烽火台。

[6] 高节：使臣所持的旌节。

[7] 朔吹：北风。

[8] 玉塞：玉门关。

[9] 金钲（zhēng）：古代铙类乐器。

[10] 绝漠：大漠。干戈：指武器。戢（jí）：收藏。

[11] 原隰（xí）：原野。

都尉反龙堆，将军旋马邑。

扬麾氛雾静，纪石[1]功名立。

荒裔一戎衣[2]，灵台[3]凯歌入。

作者简介

唐太宗李世民（599 — 649 年），名字取意"济世安民"，陇西成纪人（今甘肃天水市秦安县）。唐朝第二位皇帝，在位二十三年，年号贞观。唐太宗李世民不仅是著名的政治家、军事家，还是一位书法家和诗人。唐太宗开创了著名的贞观之治，被各族人民尊称为天可汗，为后来唐朝全盛时期的开元盛世奠定了重要基础，为后世明君之典范。庙号太宗，谥号文武大圣大广孝皇帝，葬于昭陵。

编者按

有人认为，李世民的《饮马长城窟行》创作于贞观二十年（646 年）九月驻跸灵州时；也有人认为作于太宗平定宋金刚之乱时，"（武德）二年十一月，太宗率众趣龙门关，履冰而渡之"，诗中所描写的悲壮之景当是诗人亲眼所见，此诗亦是

---

[1] 纪石：刻石纪功。

[2] 荒裔：边远地区。戎衣：军服。

[3] 灵台：周代台名这里指皇宫。

马上濡笔而作。

　　此诗采用汉乐府民歌的形式，书写了大唐平定天下、开创贞观之治后太宗皇帝的感慨。全诗没有具体描写两军作战的场面，而是形象地描述了这场战争的发生发展与胜利的过程，是一首描写当时现实事件的史诗。

晚度天山有怀京邑[1]

骆宾王

忽上天山路，依然想物华[2]。
云疑上苑[3]叶，雪似御沟[4]花。
行叹戎麾[5]远，坐怜衣带赊[6]。
交河浮绝塞，弱水浸流沙[7]。

---

[1] 天山：山名，唐代称伊州、西州以北一带山脉为天山。京邑：京城。

[2] 物华：自然景色。

[3] 上苑：这里指唐代的皇家园林。

[4] 御沟：流经宫苑的河道。

[5] 戎麾：军旗，借指军营。

[6] 赊：宽松。

[7] 弱水：即今甘肃张掖河。流沙：沙漠。典出《尚书·禹贡》："导弱水至于合黎，馀波入于流沙。"这两句诗的意思是：交河水流向荒远的塞外，弱水流经浩瀚的沙漠。

旅思徒漂梗[1]，归期未及瓜[2]。

宁知心断绝，夜夜泣胡笳[3]。

作者简介

　　骆宾王（约619—687年），字观光，婺州义乌（今浙江义乌）人。初唐诗人，与王勃、杨炯、卢照邻合称"初唐四杰"。又与富嘉谟并称"富骆"。高宗永徽中为道王李元庆府属，历武功、长安主簿，仪凤三年，入为侍御史，因事下狱，次年遇赦，调露二年除临海丞，不得志，辞官。有集。骆宾王于武则天光宅元年，为起兵扬州反武则天的徐敬业作《代李敬业传檄天下文》，敬业败，亡命不知所之，或云被杀，或云为僧。

编者按

　　骆宾王在此诗中不仅展示了边塞风光，也流露出浓重的思乡情感。首联"忽上天山路，依然想物华"开宗明义：一个"忽"字，形象、生动，由于天山高峻，往上攀爬时感到遥如登天，到达山顶时，眼前景色一下子开阔起来，有豁然开朗之感。可

---

　　[1]　漂梗：指生活动荡不定。典出《战国策·赵策》。

　　[2]　瓜：指瓜时，即瓜熟之时。及瓜：任职期满。典出《左传·庄公八年》："齐侯使连称、管至父戍葵丘，瓜时而往，曰：'及瓜而代。'"言任期一年，今年瓜时往，来年瓜时代之。后代称任职期满等待移交之时为瓜时。

　　[3]　胡笳：古代北方管乐器。

惜瞬间惊异、喜悦之余，诗人又陷入了对京城的思念，心绪愁闷，不由想起京城中那美丽的景色。次联"云疑上苑叶，雪似御沟花"二句紧扣"想物华"三字驰骋想象：天山上云层舒展，让人疑心是皇家园林中浓密的树叶，那飘扬的雪花恰似长安御河中随波荡漾的落花。三联"行叹戎麾远，坐怜衣带赊"，描绘了征人行军途中常常慨叹军营离京城十分遥远，因为叹息、忧虑，衣带都变得松弛了不少。四联"交河浮绝塞，弱水浸流沙"，更深一层地写边塞之景，如此悲壮、凄凉的绝域景象，与诗人记忆中京城的车水马龙、花团锦簇之景差别巨大，难怪诗人又"叹"又"怜"。五联"旅思徒漂梗，归期未及瓜"，是诗人因从戎在外，不知何时是归期的忧伤、惆怅。诗人在历数自己一路转徙的生活之后，悲哀、伤感之情终于不可抑制，随着泪水喷涌而出——"宁知心断绝，夜夜泣胡笳"！这种生活令人肝肠寸断，每当夜里听到那悲凉的胡笳之音，禁不住潸然泪下。那痛彻心扉的悲怆之情，随着胡笳之音萦绕在读者心头，馀韵悠远。

奉使筑朔方^[1]六州城率尔^[2]而作（节选）

李　峤

雄视沙漠垂^[3]，有截^[4]北海^[5]阳^[6]。

……

汉障缘^[7]河^[8]远，秦城^[9]入海长。

---

[1]　朔方：北方。《书·尧典》："申命和叔，宅朔方，曰幽都。"蔡沉集传："朔方，北荒之地。"六州：夏州、盐州、绥州、银州、丰州、胜州。

[2]　率尔：轻率貌。

[3]　垂：通"陲"，边疆、边境。

[4]　有截：整齐貌。

[5]　北海：古代泛指北方最远僻之地。《左传·僖公四年》："君处北海，寡人处南海，唯是风马牛不相及也。"

[6]　阳：山南水北。《谷梁传·僖公二十八年》："山南为阳，水北为阳。"

[7]　缘：沿着，顺着。

[8]　河：黄河。

[9]　秦城：秦长城。

作者简介

李峤（645—714 年），字巨山，赵州赞皇（今河北赞皇）人，唐朝宰相。李峤出身于赵郡李氏东祖房，早年以进士及第，历任安定尉、长安尉、监察御史、给事中、润州司马、凤阁舍人、麟台少监等职。他在武后、中宗年间，三次被拜为宰相，官至中书令，阶至特进，爵至赵国公。睿宗时贬仕怀州刺史，以年老致仕。玄宗时再贬滁州别驾。开元二年（714 年）病逝于庐州别驾任上，终年七十岁。李峤生前以文辞著称，对唐代律诗和歌行的发展有一定的贡献与影响。他前与王勃、杨炯相接，与苏味道并称"苏李"，又与苏味道、杜审言、崔融合称"文章四友"，晚年更被尊为"文章宿老"。但他历仕五朝，先是依附张易之兄弟及武三思，继而又追随韦氏一党，其人品多受诟病。史家评价，贬抑居多。

编者按

此处为节选，全诗为："奉诏受边服，总徒筑朔方。驱彼犬羊族，正此戎夏疆。子来多悦豫，王事宁怠遑。三旬无愆期，百雉郁相望。雄视沙漠垂，有截北海阳。二庭已顿颡，五岭尽来王。驱车登崇墉，顾眄凌大荒。千里何萧条，草木自悲凉。凭轼讯古今，慨焉感兴亡。汉障缘河远，秦城入海长。顾无庙堂策，贻此中夏殃。道隐前业衰，运开今化昌。制为百王式，举合千载防。马牛被路隅，锋镝销战场。岂不怀贤劳，所图在永康。王事何为者，称代陈颂章。"

骢　马^[1]

沈佺期

西北五花骢，来时道向东。

四蹄碧玉片，双眼黄金瞳。

鞍上留明月，嘶间动朔风^[2]。

借君驰沛艾^[3]，一战取云中^[4]。

作者简介

沈佺期（约 656—约 715 年），字云卿，相州内黄（今安阳市内黄县）人，唐代诗人。沈佺期擅长七言诗。与宋之问并称"沈宋"。曾中进士。长安中，累迁通事舍人，预修《三教珠英》，转考功员外郎、给事中。坐交张易之，流驩州。稍迁台州录事参军。神龙中，召见，拜起居郎、修文馆直学士，

---

[1]　骢（cōng）马：青白色相杂的马。《说文》："骢，马青白杂毛也。从马，悤声。"

[2]　朔风：北风。

[3]　沛艾：马头摇动貌。

[4]　云中：古郡名，原为战国赵地，秦时置郡，治所在云中县（今内蒙古托克托东北）。

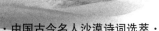

历中书舍人、太子少詹事。开元初年逝世。

编者按

　　此诗虽写骢马，然则尽显唐人的豪情壮志。西北的骢马往东急行，四蹄如碧玉，双眼似黄金，鞍上停留着明月，嘶吼时有如北风，这是一匹精力充沛、超类拔萃的骏马。唐人的意气风发正如骢马，凭借此马便能驰骋沙场，一战攻取云中。

感　遇

陈子昂

朝入云中郡[1]，北望单于台[2]，

胡秦何密迩[3]，沙朔气雄哉。

藉藉[4]天骄子，猖狂已复来。

塞垣[5]无名将，亭堠[6]空崔嵬[7]。

咄嗟[8]吾何叹，边人[9]涂草莱[10]。

---

[1]　云中：古郡名，原为战国赵地，秦时置郡，治所在云中县(今内蒙古托克托东北)。

[2]　单于台：在今内蒙古自治区呼和浩特市西，相传汉武帝曾率军登上此台。

[3]　密迩：贴近，靠近。

[4]　藉藉：显著盛大貌。

[5]　塞垣：边关城墙，指长城。

[6]　亭堠：古代边境上用以瞭望和监视敌情的岗亭土堡。

[7]　崔嵬：高耸貌。

[8]　咄嗟：叹息。

[9]　边人：指边民。《汉书·匈奴传下》："又边人奴婢愁苦，欲亡者多。"

[10]　草莱：犹草莽，杂生的草。

作者简介

陈子昂（661—702年），字伯玉，梓州射洪（今四川省射洪县）人。因曾任右拾遗，后世称为陈拾遗。唐代文学家，初唐诗文革新人物之一。青少年时家庭较富裕，慷慨任侠。成年后始发愤攻读，关心国事。二十四岁时举进士，直言敢谏，一度因"逆党"反对武则天的株连而下狱。两次从军，对边塞形势和当地人民生活有较深的认识。后因父老解官回乡，父死居丧期间，权臣武三思指使射洪县令段简罗织罪名，加以迫害，冤死狱中。其诗风骨峥嵘，寓意深远，苍劲有力。

编者按

《感遇诗三十八首》是唐代文学家陈子昂的组诗作品。这组诗是作者有感于平生所遇之事而作，涵盖面极广，大都紧扣时事，针对性极强，富有现实意义。各篇所咏之事各异，创作时间也各不相同，应当是诗人在不断探索中有所体会遂加以记录，积累而成的系列作品。它们继承了阮籍《咏怀诗》的余脉，反映了作者的政治理想和对自然、社会规律的认识，抨击了武周王朝的腐败统治，同情广大劳动人民的苦难，抒发自己身逢乱世、忧谗畏讥的恐惧不安，和壮志难酬、理想破灭的愤懑忧伤。

唐太宗时，曾一度打败突厥，但不久云中都护府（在今内蒙古）一带东突厥又逐渐强盛起来。自高宗永淳元年（682年）

至武后延载元年（694年），骨笃禄可汗在位，拥兵四十万，疆土万里，时时侵扰西北边境。"藉藉大骄子，猖狂已复来"，即是深谋远虑地向当权者发出警告，希望对突厥严加防备，所以"北上单于台"一句，象征意义大于实地记叙，表达了陈子昂对西北边患的深切忧虑。

凉州词[1]

王　翰

葡萄美酒夜光杯[2]，欲饮琵琶马上催。
醉卧沙场君莫笑，古来征战几人回？

作者简介

　　王翰（687—726 年），字子羽，并州晋阳（今山西太原市）人，唐代边塞诗人，与王昌龄同时。王翰这样一位有才气的诗人，其集不传。其诗载于《全唐诗》的，仅有十四首。登进士第，举直言极谏，调昌乐尉。复举超群拔类，召为秘书正字。擢通

---

　　[1]　凉州词：又称《凉州曲》，是凉州歌的唱词，不是诗题，是盛唐时流行的一种曲调名。《乐苑》："《凉州》，宫调曲，开元中西凉府都督郭知运所进"。

　　[2]　夜光杯：美玉所制酒杯，因夜间发光，故名。《海内十洲记·凤麟洲》："周穆王时，西胡献昆吾割玉刀，及夜光常满杯，刀长一尺，杯受三升，刀切玉如切泥，杯是白玉之精，光明夜照。"

事舍人、驾部员外。出为汝州长史，改仙州别驾。

编者按

唐人七绝多是乐府歌词，凉州词即其中之一。它是按凉州（今甘肃省河西、陇右一带）地方乐调歌唱的。《新唐书·乐志》说："天宝间乐调，皆以边地为名，若凉州、伊州、甘州之类。"这首诗地方色彩极浓。从标题看，凉州属西北边地；从内容看，葡萄酒是当时西域特产，夜光杯是西域所进，琵琶更是西域所产。这些无一不与西北边塞风情相关。这首七绝正是一首优美的边塞诗。边塞诗，若以对战争的态度为标准，可划分为歌颂战争与暴露战争两类。本诗所写战争的性质和背景已无可考，但从诗人感情的脉搏来体会，这无疑是一首反战的诗歌。不过它不正面描写战争，却通过战前饮酒这件事来表达将士厌战的悲痛情绪，用笔十分隐蔽曲折。全诗抒发的是反战的哀怨，所揭露的是自有战争以来生还者极少的悲惨事实，却出以豪迈旷达之笔，表现了一种视死如归的悲壮情绪，这就使人透过这种貌似豪放旷达的胸怀，更加看清了军人们心灵深处的忧伤与幻灭。

凉州词

王之涣

黄河远上^[1]白云间，一片孤城^[2]万仞^[3]山。
羌笛何须怨杨柳，春风不度玉门关^[4]。

作者简介

王之涣（688—742年），是盛唐时期的著名诗人，字季凌，绛州（今山西新绛县）人。豪放不羁，常击剑悲歌，其诗多被当时乐工制曲歌唱，名动一时。他常与高适、王昌龄等相唱和，以善于描写边塞风光著称。其代表作有《登鹳雀楼》《凉州词》

---

[1] 黄河远上：远望黄河的源头。

[2] 孤城：指孤零零的戍边城堡。

[3] 仞：古代的长度单位，一仞约等于七八尺。

[4] 羌笛：羌族乐器。杨柳：指《折杨柳》古曲名。又古人有折柳赠别的习俗。度：越过。后两句是说，羌笛何必吹起《折杨柳》这种哀伤的调子，埋怨杨柳不发、春光来迟呢，要知道，春风吹不到玉门关外啊！

等。他的"白日依山尽,黄河入海流。欲穷千里目,更上一层楼",更是千古绝唱。

编者按

《凉州词》是凉州歌的唱词,不是诗题,是盛唐时流行的一种曲调名。开元年间,陇右节度使郭知运搜集了一批西域的曲谱,进献给唐玄宗。玄宗交给教坊翻成中国曲谱,并配上新的歌词演唱,以这些曲谱产生的地名为曲调名。后来许多诗人都喜欢这个曲调,为它填写新词,因此唐代许多诗人都写有《凉州词》。

王之涣这首诗写成边士兵的怀乡情。写得苍凉慷慨,悲而不失其壮,虽极力渲染戍卒不得还乡的怨情,但丝毫没有半点颓丧消沉的情调,充分表现出盛唐诗人的广阔胸怀。全诗也因此在同类题材的作品中出类拔萃,成为千古传唱的佳作。

古从军行

李 颀

白日登山望烽火[1]，黄昏饮马傍交河[2]。

行人[3]刁斗[4]风沙暗，公主琵琶[5]幽怨多。

野云万里无城郭，雨雪纷纷连大漠。

胡雁哀鸣夜夜飞，胡儿眼泪双双落。

闻道玉门犹被遮，应将性命逐轻车[6]。

---

[1] 烽火：古代的一种警报方式，如有敌情，白天施烟，夜晚点火，通称烽火。

[2] 交河：河名，在今新疆维吾尔族自治区吐鲁番市。

[3] 行人：出征战士。

[4] 刁斗：古代军中铜制炊具，容量一斗。白天用以煮饭，晚上敲击代替更析。

[5] 公主琵琶：汉武帝时以江都王刘建女细君嫁乌孙国王昆莫，恐其途中烦闷，故弹琵琶以娱之。

[6] "闻道"两句：汉武帝曾命李广利攻大宛，欲至贰师城取良马，战不利，广利上书请罢兵回国。武帝大怒，发使至玉门关，曰："军有敢入，斩之！"两句意谓边战还在进行，只得随着将军去拼命。轻车：治武帝时轻车将军李蔡。

年年战骨埋荒外，空见蒲桃[1]入汉家。

作者简介

李颀（690—751年），东川（今四川省三台县）人，唐代诗人。少年时曾寓居河南登封。开元二十三年进士，做过新乡县尉。诗以写边塞题材为主，风格豪放，慷慨悲凉，七言歌行尤具特色。

编者按

此诗作于天宝（唐玄宗年号，742—756年）初年。"从军行"是乐府古题。此诗借汉皇开边，讽玄宗用兵，实写当代之事。由于怕触犯忌讳，所以题目加上一个"古"字。它对当代帝王的好大喜功、穷兵黩武、视人民生命如草芥的行径加以讽刺，悲多于壮。全诗记叙从军之苦，充满非战思想。万千尸骨埋于荒野，仅换得葡萄归种中原，显然得不偿失。

---

[1] 蒲桃：今作"葡萄"。

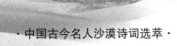

塞下曲

王昌龄

饮马[1]渡秋水，水寒风似刀。

平沙日未没，黯黯见临洮[2]。

昔日长城战，咸[3]言意气高。

黄尘足今古，白骨乱蓬蒿[4]。

作者简介

  王昌龄（698—756年），字少伯，河东晋阳（今山西太原）人。盛唐著名边塞诗人，被后人誉为"七绝圣手"。早年贫贱，困于农耕。年近不惑，始中进士，初任秘书省校书郎。又中博学宏辞，授汜水尉，因事贬岭南。与李白、高适、王维、王之涣、岑参等交厚。开元末返长安，改授江宁

---

  [1] 饮（yìn）马：给马喂水。

  [2] 临洮：今甘肃岷县一带，是长城起点。

  [3] 咸：都。

  [4] 蓬蒿：蓬草和蒿草。借指荒野偏僻之处。

丞。被谤谪龙标尉。安史乱起，为刺史闾丘晓所杀。其诗以七绝见长，尤以登第之前赴西北边塞所作边塞诗最著名，有"诗家夫子王江宁"之誉（亦有"诗家天子王江宁"的说法）。

编者按

这首乐府曲以长城为背景，描绘战争的悲惨残酷。诗的前四句写塞外晚秋时节、平沙日落的荒凉景象；后四句写长城一带历来是战场，白骨成丘，景象荒凉。全诗写得触目惊心，表达了非战思想。

整首诗的意思是：牵马饮水渡过了那大河，水寒刺骨秋风如剑如刀。沙场广袤夕阳尚未下落，昏暗中看见遥远的临洮。当年长城曾经有一次鏖战，都说戍边战士的意气高。自古以来这里黄尘迷漫，遍地白骨凌乱夹着野草。

从军行 [1]

王昌龄

大漠风尘日色昏，红旗半卷出辕门 [2]。
前军夜战洮河北，已报生擒吐谷浑 [3]。

作者简介

见前。

编者按

组诗《从军行七首》是王昌龄采用乐府旧题写的边塞诗，
载于《全唐诗》卷一百四十三。这首诗是第五首。

---

[1] 从军行：乐府旧题，属相和歌辞平调曲。多是反映军旅
辛苦生活的。

[2] 辕门：指军营的大门。

[3] 吐谷浑：中国古代少数民族名称，晋时鲜卑慕容氏的后裔。

　　塞北沙漠中大风狂起，尘土飞扬，天色为之昏暗，前线军情十分紧急，接到战报后迅速出击。先头部队已经于昨天夜间在洮河的北岸和敌人展开了激战，刚刚听说与敌人开战，现在就传来了已获得大捷的消息。一场激战，不是写得声嘶力竭，而是出以轻快跳脱之笔，通过侧面的烘托、点染，让读者去体味、遐想。这首诗显示出诗人的高超技巧。

出塞作

王　维

居延城[1]外猎天骄[2]，白草连天野火烧。

暮云空碛[3]时驱马，秋日平原好射雕。

护羌校尉[4]朝乘障[5]，破虏将军[6]夜渡辽。

---

[1]　居延城：也叫居延塞。故址在今内蒙古自治区额济纳旗一带。

[2]　天骄：原为匈奴自称，这里借称唐朝的吐蕃。

[3]　碛（qì）：沙漠。

[4]　护羌校尉：《汉官仪》载："护羌校尉，武帝置，秩比二千石，持节以护西羌。"汉代拿着符节保护西羌的武官叫"护羌校尉"，这里指唐廷守边的将领。

[5]　朝乘障：早晨登上遮虏障。乘障：同乘鄣，谓登城守卫。《汉书·张汤传》："（上）乃遣狄山乘鄣。"颜师古注："鄣谓塞上要险之处，别筑为城，因置吏士而为鄣蔽以扞寇也。"障：边塞上的防御工事。

[6]　破虏将军：指汉昭帝时中郎将范明友。当时辽东乌桓反。他带领兵马，渡过辽河，平定了这次叛乱。此指唐朝守边的将领。

玉靶角弓珠勒马，汉家^[1]将赐霍嫖姚^[2]。

作者简介

王维（701—761年，一说699—761年），字摩诘，河东蒲州（今山西运城）人，祖籍山西祁县，有"诗佛"之称。苏轼评价其："味摩诘之诗，诗中有画；观摩诘之画，画中有诗。"王维精通佛学，受禅宗影响很大。佛教有一部《维摩诘经》，是王维名和字的由来。王维诗书画都很有名，非常多才多艺，音乐也很精通。王维是盛唐诗人的代表，今存诗四百馀首，重要诗作有《相思》《山居秋暝》等。与孟浩然合称"王孟"。

编者按

本诗原注："时为御史，监察塞上作"。盖开元二十五年（737年）三月，河西节度副大使崔希逸在青海打败吐蕃，王维以监察御史的身份，奉使出塞宣慰时写的诗。

此诗运用了对比的写法，前四句写敌人的勇悍和嚣张气焰，意在反衬出大唐守边将士不畏强敌、敢于战斗、勇于胜利的精神。借用"护羌校尉""破辽将军""霍嫖姚"等典故比喻将能卒勇，比直接描写更能启发读者，更有馀味之感。

[1] 汉家：借指唐朝。

[2] 霍嫖姚：即霍去病，西汉抗击匈奴的名将，官至骠骑将军。前后六次出击匈奴，皆获胜而归，得到朝廷封赏。《史记·卫将军骠骑列传》曰：霍去病"为嫖姚校尉。"在此处借指崔希逸。

使至塞上[1]

王　维

单车欲问边[2]，属国[3]过居延[4]。
征蓬[5]出汉塞，归雁入胡天[6]。

---

[1]　使至塞上：奉命出使边塞。使：出使。

[2]　单车：一辆车，车辆少，这里形容轻车简从。问边：到边塞去慰问守卫边疆的官兵。

[3]　属国：有几种解释，一指少数民族附属于汉族朝廷而存其国号者。汉、唐两朝均有一些属国；二指官名，秦汉时有一种官职名为典属国，苏武归汉后即授典属国官职。属国，即典属国的简称。

[4]　居延：地名，汉代称居延泽，唐代称居延海，在今内蒙古额济纳旗北境。又西汉张掖郡有居延县（参《汉书·地理志》），故城在今额济纳旗东南。又东汉凉州刺史部有张掖居延属国，辖境在居延泽一带。此句一般注本均言王维路过居延。然而王维此次出使，实际上无需经过居延。因而林庚、冯沅君主编的《中国历代诗歌选》认为此句是写唐王朝"边塞的辽阔，附属国直到居延以外"。

[5]　征蓬：随风远飞的枯蓬，此处为诗人自喻。

[6]　归雁：雁是候鸟，春天北飞，秋天南行，这里是指大雁北飞。胡天：胡人的领地。这里是指唐军占领的北方。

大漠孤烟直[1]，长河[2]落日圆。
萧关逢候骑[3]，都护[4]在燕然[5]。

作者简介

见前。

---

[1]　大漠：大沙漠，此处大概是指凉州之北的沙漠。孤烟：赵殿成注有二解：一云古代边防报警时燃狼粪，"其烟直而聚，虽风吹之不斜"。二云塞外多旋风，"裹烟沙而直上"。据后人有到甘肃、新疆实地考察者证实，确有旋风如"孤烟直上"。孤烟也可能是唐代边防使用的平安火。《通鉴》卷二一八云："及暮，平安火不至。"胡三省注："《六典》：唐镇戍烽候所至，大率相去三十里，每日初夜，放烟一炬，谓之'平安火'。"

[2]　长河：即黄河；一说指流经凉州（今甘肃武威）以北沙漠的一条内陆河，这条河在唐代叫马成河，疑即今石羊河。

[3]　萧关：古关名，又名陇山关，故址在今宁夏固原东南。候骑：负责侦察、通讯的骑兵。王维出使河西并不经过萧关，此处大概是用何逊诗"候骑出萧关，追兵赴马邑"之意，非实写。候骑一作"候吏"。

[4]　都护：唐朝在西北边疆置安西、安北等六大都护府，其长官称都护，每府派大都护一人，副都护二人，负责辖区一切事务。这里指前敌统帅。

[5]　燕然：古山名，即今蒙古国杭爱山。这里代指前线。《后汉书·窦宪传》：宪率军大破单于军，"遂登燕然山，去塞三千余里，刻石勒功，纪汉威德，令班固作铭。"此两句意谓在途中遇到候骑，得知主帅破敌后尚在前线未归。

编者按

唐玄宗开元二十四年（736年），吐蕃发兵攻打唐属国小勃律。737年春，河西节度副大使崔希逸在青涤西大破吐蕃军。唐玄宗命王维以监察御史的身份奉使凉州，出塞宣慰，察访军情，并仟河西节度使判官，实际上是将王维排挤出朝廷。这首诗即作于此次出塞途中。

此诗描绘了塞外奇特壮丽的风光，表现了诗人对不畏艰苦、以身许国的守边战士的爱国精神的赞美；此诗叙事精练简洁，画面奇丽壮美。诗人把笔墨重点用在了他最擅长的方面——写景。作者出使，恰在春天。途中见数行归雁北翔，诗人即景设喻，用归雁自比，既叙事，又写景，一笔两到，贴切自然。尤其是"大漠孤烟直，长河落日圆"一联，写进入边塞后所看到的塞外奇特壮丽的风光，画面开阔，意境雄浑，近人王国维称之为"千古壮观"的名句。

送刘司直赴安西^[1]

王 维

绝域阳关道^[2]，胡沙与塞尘^[3]。

三春^[4]时有雁，万里少行人^[5]。

苜蓿^[6]随天马，蒲桃逐汉臣。

当令外国惧，不敢觅和亲。

---

[1] 刘司直：作者友人，生平字号不详。司直：官名，大理寺（掌管刑狱）有司直六人，从六品上。安西：指安西都护府。

[2] 绝域：指极远的地域，此指西域。《管子·七法》："不远道里，故能威绝域之民；不险山河，故能服恃固之国。"阳关道：指古代经过阳关通往西域的大道。阳关：关名，故址在今甘肃敦煌西南。

[3] 沙：一作"烟"。塞尘：塞外的风尘。代指对外族的战事。唐韩愈《烽火》诗："登高望烽火，谁谓塞尘飞。"

[4] 三春：春季三个月，农历正月称孟春，二月称仲春，三月称季春。汉班固《终南山赋》："三春之季，孟夏之初，天气肃清，周览八隅。"

[5] 行人：出行的人；出征的人。

[6] 苜蓿：植物名。豆科，一年生或多年生。原产西域各国，汉武帝时，张骞使西域，始从大宛传入。

作者简介

见前。

编者按

这首诗将史事融入送行时对路途险远的渲染中，全诗从写景到说史，又从说史到抒情，曲曲折折，而于字句之间流淌不绝的，则是诗人对于友人始终如一的深情。

前两联介绍友人赴边的道路情况。第三联似承实转，虽然仍是写景，但色调感情陡转。"苜蓿随天马，蒲桃逐汉臣"，当年汉武帝派李广利伐大宛取名马，马嗜苜蓿，苜蓿与葡萄种也就随汉使传入中国。诗人将历史与现实结合，以想象代实景，描绘了一幅丝绸路上的特异风光。最后一联正是承着这一诗意转出，以"不敢觅和亲"指西北地区少数民族建立的政权对唐王朝的臣服。这两句看似泛指，实际上是针对"刘司直赴安西"而言的，希望刘司直出塞干出一番事业，弘扬国威，同时也寄寓了诗人本人效命疆场、安边定国的豪迈感情。

塞上曲

李 白

大汉无中策[1]，匈奴犯渭桥。
五原秋草绿，胡马一何骄[2]。
命将征西极[3]，横行阴山[4]侧。
燕支[5]落汉家，妇女无华色。
转战渡黄河，休兵乐事多。
萧条[6]清万里，瀚海寂无波[7]。

---

[1] 大汉：指唐朝。中策：中等策略，指抵抗侵略的策略。

[2] 五原：唐郡名，在今陕西定边县一带。史称颉利可汗曾建牙于五原之北，常骚扰唐边境。这句的意思是匈奴侵略军已逼近长安。

[3] 西极：汉唐时之长安以西的疆域。

[4] 阴山：在今内蒙古境内，东西走向，横亘二千余里。

[5] 燕支：山名，又名焉支山、胭脂山，在今甘肃省张掖市丹东县东南五十多公里处，因产胭脂草而得名。

[6] 萧条：平静。班固《封燕然山铭》："萧条万里，野无遗寇。"

[7] 瀚海：北海，即今贝加尔湖。全句意思是匈奴被平息。以瀚海风平浪静喻边地太平。

作者简介

　　李白（701—762年），字太白，号青莲居士，被后人誉为"诗仙"。祖籍陇西成纪（待考），出生于西域碎叶城，四岁再随父迁至剑南道绵州。李白存世诗文千余篇，有《李太白集》传世。丁762年病逝，享年六十一岁，其墓在今安徽当涂。

编者按

　　《乐府诗集》卷九十二列此曲于《新乐府辞·乐府杂题》。郭茂倩谓此曲和《塞下曲》皆出于汉《出塞》《入塞》曲。萧士赟云："乐府《塞上曲》者，古征戍十五曲之一也。"此诗借汉喻唐，王琦谓："此篇盖追美太宗武功之盛而作也。"

　　此诗约作于天宝二载（743年）李白供奉翰林期间。全诗声声实在，句句真情。诗意具有飞扬跋扈、迅猛阔大的气势，又充溢着边塞秋景萧煞悲凉之意，表达出诗人对唐太宗委任李靖等名将平定突厥离叛的歌颂之意，也表现出诗人对国家安危的忧虑和对民生疾苦的关怀。

别董大 [1]

高 适

千里黄云 [2] 白日曛 [3]，北风吹雁雪纷纷。
莫愁前路无知己，天下谁人不识君。

作者简介

　　高适（约 704—约 765 年），字达夫，渤海蓨（今河北景县）人，后迁居宋州宋城（今河南商丘），唐代著名的边塞诗人，曾任刑部侍郎、左散骑常侍，渤海县候，封世称高常侍。高适与岑参并称"高岑"，有《高常侍集》传世。其诗笔力雄健，气势奔放，洋溢着盛唐时期所特有的奋发进取、蓬勃向上的时代精神。开封禹王台五贤祠即专为高适、李白、杜甫、何景明、李梦阳而立。后人又把高适、岑参、王昌龄、

---

[1]　董大：董庭兰，唐朝音乐家。
[2]　黄云：天上的乌云，在阳光下，乌云是暗黄色，所以叫黄云。
[3]　曛：日光昏暗。指夕阳西沉时的昏黄景色。

王之涣合称"边塞四诗人"。

编者按

"千里黄云白日曛，北风吹雁雪纷纷"，这两句以其内心之真，写别离心绪，故能深挚；以胸襟之阔，叙眼前景色，故能悲壮。落日黄云，大野苍茫，唯北方冬日有此景象，此情此景，若稍加雕琢，即不免斫伤气势。高适于此自是作手。日暮黄昏，且又大雪纷飞，于北风狂吹中，唯见遥空断雁，出没寒云，使人难禁日暮天寒、游子何之之感。以才人而沦落至此，几使人泪可下，亦唯如此，故知己不能为之甘心。头两句以叙景而见内心之郁积，虽不涉人事，已使人如置身风雪之中，似闻山巅水涯有壮士长啸。此处如不用尽气力，则不能见下文转折之妙，也不能见下文言辞之婉转，用心之良苦，友情之深挚，别意之凄酸。

而盛唐气象之所以被后世赞颂，则在于其豪迈与胸襟开阔，一句"莫愁前路无知己，天下谁人不识君"道出了唐人的自信与胸怀。

蓟中[1]作

高 适

策马自沙漠，长驱登塞垣[2]。

边城何萧条[3]，白日黄云昏。

一到征战处，每愁胡虏翻[4]。

岂无安边书[5]，诸将[6]已承恩。

惆怅孙吴事[7]，归来独闭门。

---

[1] 蓟（jì）中：指蓟城，今河北大兴西南。

[2] 塞垣（yuán）：长城。

[3] 萧条：冷落。

[4] 翻：同"反"，反叛。

[5] 安边书：安边的策略。

[6] 诸将：指安禄山等人。

[7] 孙吴事：指孙武、吴起用兵之事。孙武，春秋齐国人，古代著名军事家，著有《孙子兵法》十三篇。吴起，战国时卫人，任魏国将军，大败秦兵，亦有兵法行世。

作者简介

见前。

编者按

《文苑英华》与敦煌唐写本残卷《唐人选》中此诗皆题作《送兵还作》，可知此诗是高适在天宝十年（751年）冬天送兵后，于次年春天南返封丘时所作。

此诗艺术上叙事写景，形象逼真，衬托出壮烈的情怀。议论抒情，出言深睿精警，意绪起伏捭阖，透射出诗人强烈的愤懑和不愿同流合污的凛凛风姿。全诗语言看似平淡质朴，但由于"感赏之情，殆出常表"（徐献忠《唐诗品》）同样具有摄人心魄的艺术魅力。

燕歌行[1]（节选）

高 适

山川萧条极[2]边土，胡骑凭凌[3]杂风雨[4]。

……

大漠穷秋塞草腓[5]，孤城落日斗兵稀[6]。

一队风来一队沙，有人行处没人家。

阴山[7]入夏仍残雪，溪树经春不开花。

---

[1] 燕歌行：乐府《平调曲》名。

[2] 极：穷尽。

[3] 凭凌：仗势侵凌。

[4] 杂风雨：形容敌人来势凶猛，如风雨交加。一说，敌人乘风雨交加时冲过来。

[5] 腓（féi）：枯萎。《诗·小雅·四月》："秋日凄凄，百卉具腓。"

[6] 斗兵稀：作战的士兵越打越少了。

[7] 阴山：即今横亘于内蒙古自治区南境，东北接连大兴安岭的阴山山脉。

作者简介

见前。

编者按

《燕歌行》是高适的代表作，不但是高适的"第一大篇"（近人赵熙评语），而且是整个唐代边塞诗中的杰作，千古传诵，良非偶然。此处为节选。全诗为："汉家烟尘在东北，汉将辞家破残贼。男儿本自重横行，天子非常赐颜色。摐金伐鼓下榆关，旌旆逶迤碣石间。校尉羽书飞瀚海，单于猎火照狼山。山川萧条极边土，胡骑凭陵杂风雨。战士军前半死生，美人帐下犹歌舞。大漠穷秋塞草腓，孤城落日斗兵稀。身当恩遇常轻敌，力尽关山未解围。铁衣远戍辛勤久，玉箸应啼别离后。少妇城南欲断肠，征人蓟北空回首。边庭飘飖那可度，绝域苍茫更何有。杀气三时作阵云，寒声一夜传刁斗。相看白刃血纷纷，死节从来岂顾勋。君不见沙场征战苦，至今犹忆李将军。"

原诗前有作者序："开元二十六年，客有从御史大夫张公出塞而还者；作《燕歌行》以示适，感征戍之事，因而和焉。"张公，指幽州节度使张守珪，曾拜辅国大将军、右羽林大将军、兼御史大夫。

此诗写塞上风沙之状，风起沙走，行人经过的地方也不见人家，阴山上的雪到了夏季还有残余，溪边的树经过一个春天也不见开花。

送人从军

杜 甫

弱水应无地，阳关已近天[1]。

今君渡沙碛，累月断人烟[2]。

好武宁论命[3]，封侯不计年[4]。

---

　　[1]　弱水、阳关：皆属陇右道。《禹贡》："导弱水至于合黎"。《唐志》："合黎山，在甘州张掖县"。《寰宇记》："弱水，东自删丹县界，流入张掖县北二十三里"。《元和郡县志》："阳关，在沙州寿昌县西六里，以居玉门之南，故曰阳关，本汉置也，谓之南道，西趋鄯善、莎车。玉门故关，在县西北百八十里，谓之北道，西趋车师前庭及疏勒。此西域之门户也。"孟康曰："二关皆在敦煌西界"。《汉书·西域传》："扼以玉门、阳关"。

　　[2]　断人烟：曹植《送应氏》（其一）："千里无人烟。"

　　[3]　好武：《汉书·班超列传》："颜驷曰：'文帝好文，而臣好武。'"

　　[4]　"封侯"句：《后汉书》："班超投笔叹曰：'大丈夫当立功异域，以取封侯。'"亦暗用李广数奇不遇事。或云：军中有功即封，不必计定年数。

马寒防失道[1]，雪没锦鞍鞯[2]。

作者简介

杜甫（712—770年），字子美，自号少陵野老，世称"杜工部""杜少陵"等，河南府巩县（今河南省巩义市）人，唐代伟大的现实主义诗人，被世人尊为"诗圣"，其诗被称为"诗史"。杜甫与李白合称"李杜"，为了跟另外两位诗人李商隐与杜牧即"小李杜"区别开来，杜甫与李白又合称"大李杜"。他忧国忧民，人格高尚，他的一千四百余首诗被保留了下来，诗艺精湛，在中国古典诗歌中备受推崇，影响深远。759—766年间曾居成都，后世有杜甫草堂纪念。

编者按

此诗当是乾元二年（759年）在秦州作，时有吐蕃之役。诗人杜甫送人从军，不禁心生无尽感慨，对从军之人前途的担忧，对时运不堪之无奈，都包含在诗句当中。

---

[1] "马寒"句：《韩非子·说林上》：齐桓公伐孤竹还，走失道。管仲曰："老马之智可用也。"

[2] 锦鞍鞯《晋书·张方传》：割流苏武帐，以为马鞯。或作鞯，马鞍具也。梁简文诗："宝马锦鞍鞯。"

后出塞（节选）

杜　甫

平沙列万幕[1]，部伍各见招[2]。
中天悬明月，令严夜寂寥。
悲笳数声动，壮士惨不骄[3]。
借问大将谁？恐是霍嫖姚[4]。

作者简介

见前。

---

[1]　幕：帐幕。列，是整齐排列着的意思。这些帐幕都有一定的方位和距离。

[2]　"部伍"句：因为要宿营，所以各自把各自的部队集合。

[3]　悲笳：静营之号。军令既严，笳声复悲，故惨不骄。

[4]　霍嫖姚：即霍去病，西汉抗击匈奴的名将，官至骠骑将军。前后六次出击匈奴，皆获胜而归，得到朝廷封赏。《史记·骠骑传》曰：霍去病"为嫖姚校尉。"

编者按

　　杜甫作《后出塞》共五首，此为其二。全诗为："朝进东门营，暮上河阳桥。落日照大旗，马鸣风萧萧。平沙列万幕，部伍各见招。中天悬明月，令严夜寂寥。悲笳数声动，壮士惨不骄。借问大将谁？恐是霍嫖姚。"

　　《后出塞五首》当作于唐玄宗天宝十四载（公元755年）冬，安禄山反唐之初。目的在于通过一个脱身归来的士兵的自述，大声疾呼揭露安禄山的反唐真相，叫唐明皇快快清醒过来，并指出养成禄山反叛的原因，即在于他自己的好大喜功，过宠边将，以致禄山得以边功市宠、终至养虎贻患。

　　《后出塞五首》就艺术地再现了这一特定时代的历史生活。诗中主人公正是募兵制下一个应募兵的典型形象。他既有应募兵通常有的贪功恋战心理，又有国家民族观念。他为立功封爵而赴边，又为避叛逆的"恶名"而逃走。组诗在欢庆气氛中开头，凄凄凉凉地结尾，是一出个人命运的悲剧。

咏怀古迹·其三

杜　甫

群山万壑赴荆门^[1]，生长明妃^[2]尚有村^[3]。
一去紫台^[4]连朔漠^[5]，独留青冢^[6]向黄昏。

---

[1]　荆门：山名，在今湖北省宜都县西北，长江南岸，隔江和虎牙山相对，江水湍急，形势险峻。

[2]　明妃：即王嫱、王昭君，汉元帝宫人，晋时因避司马昭讳改称明君，后人又称为明妃。

[3]　尚有村：还留下生长她的村庄，古迹之意。昭君村在归州（今湖北秭归县）东北四十里处，与夔州相近。

[4]　紫台：犹紫禁，帝王所居。江淹《恨赋》："明妃去时，仰天太息。紫台稍远，关山无极。"

[5]　朔漠：北方的沙漠，指匈奴所居之地。

[6]　青冢：北地草皆白，惟独昭君墓上草青，故名青冢。

画图省识春风面[1]，环佩[2]空归月夜魂。

千载琵琶作胡语，分明怨恨曲中论[3]。

作者简介

见前。

编者按

这是组诗《咏怀古迹五首》其中的第三首，诗人借咏昭君村、怀念王昭君来抒写自己的怀抱。诗人有感于王昭君的遭遇。寄予了自己深切的同情，同时表现了昭君对故国的思念与怨恨，并赞美了昭君虽死，魂魄还要归来的精神，从中寄托了诗人自

---

[1] "画图"句：意指汉元帝通过图画不能认识到昭君之美貌。此处暗用毛延寿丑化昭君之典故，据《西京杂记》所载："元帝后宫既多，不得常见，乃使画工图形，案图召幸之。诸宫人皆赂画工，多者十万，少者亦不减五万。独王嫱不肯，遂不得见。匈奴入朝，求美人为阏氏。于是上案图，以昭君行。及去，召见，貌为后宫第一，善应对，举止闲雅。帝悔之，而名籍已定。帝重信于外国，故不复更人。乃穷案其事，画工皆弃市，籍其家，资皆巨万画工有杜陵毛延寿，为人形，丑好老少，必得其真。"

[2] 环佩：妇女的装饰品，指昭君。

[3] "千载"两句：琵琶本西域胡人乐器，相传汉武帝以公主(实为江都王女)嫁给西域乌孙，公主悲伤，胡人乃于马上弹琵琶以娱之。因昭君事与乌孙公主远嫁有类似处，故推想如此。又《琴操》也记昭君在外，曾作怨思之歌，后人名为《昭君怨》。作胡语：琵琶中的胡音。曲中论：曲中表达。

己身世及爱国之情。全诗叙事明确，形象突出，寓意深刻。

杜甫的诗题叫《咏怀古迹》，他在写昭君的怨恨之情时，是寄托了他的身世家国之情的。杜甫当时正"飘泊西南天地间"，远离故乡，处境和昭君相似。虽然他在夔州，距故乡洛阳偃师一带不像昭君出塞那样远隔万里，但是"书信中原阔，干戈北斗深"，洛阳对他来说，仍然是可望不可即的地方。他寓居在昭君的故乡，正好借昭君当年想念故土、夜月魂归的形象，寄托他自己想念故乡的心情。

清人李子德说："只叙明妃，始终无一语涉议论，而意无不包。后来诸家，总不能及。"这个评语说出了这首诗最重要的艺术特色，它自始至终，全从形象落笔，不着半句抽象的议论，而"独留青冢向黄昏""环佩空归月夜魂"的昭君的悲剧形象，却在读者的心上留下了难以磨灭的深刻印象。

碛[1]中作

岑 参

走马西来欲到天，辞家见月两回圆[2]。

今夜未知何处宿，平沙莽莽绝人烟[3]。

作者简介

　　岑参（约715—770年），唐代边塞诗人，南阳人，太宗时功臣岑文本重孙，后徙居江陵。岑参早岁孤贫，从兄就读，遍览史籍。唐玄宗天宝三年（744年）进士，初为右内率府兵曹参军。后两次从军边塞，先在安西节度使高仙芝幕府掌书记；天宝末年，封常清为安西、北庭节度使时，为其幕府判官。代宗

---

　　[1] 碛（qì）：沙石地，沙漠。这里指银山碛，又名银山，在今新疆库木什附近。

　　[2] 辞：告别，离开。见月两回圆：表示两个月。月亮每个月十五圆一次。

　　[3] 平沙：平坦广阔的沙漠。绝：没有。人烟：住户的炊烟，泛指有人居住的地方。

时，曾官嘉州刺史（今四川乐山），世称"岑嘉州"。大历五年（770年）卒于成都。

编者按

这首诗约写于唐玄宗天宝八年（749年）岑参第一次从军西征时。"碛中作"，即在大沙漠中作此诗。从"辞家见月两回圆"的诗句看，岑参离开长安已近两个月了。宿营在广袤无垠的大沙漠之中，正巧又遇上十五的月亮，写下了这首绝句。

在唐代诗坛上，岑参的边塞诗以奇情异趣独树一帜。他两次出塞，对边塞生活有深刻的体会，对边疆风物怀有深厚的感情。这首《碛中作》，就写下了诗人在万里沙漠中勃发的诗情。诗人精心摄取了沙漠行军途中的一个剪影，向读者展示他戎马倥偬的动荡生活。诗于叙事写景中，巧妙地寄寓细微的心理活动，含而不露，蕴藉感人。这首诗以鲜明的形象造境写情，情与景契合无间，情深意远，含蕴丰富，别有神韵。

走马川行奉送封大夫出师西征[1]

岑 参

君不见走马川，雪海边[2]，平沙莽莽黄入天。

轮台[3]九月风夜吼，一川碎石大如斗，随风满地石乱走。

匈奴[4]草黄马正肥，金山[5]西见烟尘飞，汉家大将[6]西出师。

将军金甲夜不脱，半夜军行戈相拨[7]，风头如刀面如割。

[1] 走马川：即车尔成河，又名左末河，在今新疆境内。行：诗歌的一种体裁。封大夫：即封常清，唐朝将领，蒲州猗氏人，以军功擢安西副大都护、安西四镇节度副大使、知节度事，后又升任北庭都护，持节安西节度使。西征：一般认为是出征播仙。

[2] 走马川雪海边：一作"走马沧海边"。雪海：在天山主峰与伊塞克湖之间。

[3] 轮台：地名，在今新疆米泉境内。封常清曾驻兵于此。

[4] 匈奴：泛指西域游牧民族。

[5] 金山：指今新疆阿尔泰山。

[6] 汉家：唐代诗人多以汉代唐。汉家大将：指封常清，当时任安西节度使兼北庭都护，岑参在他的幕府任职。

[7] 戈相拨：兵器互相撞击。

马毛带雪汗气蒸，五花连钱[1]旋作冰，幕中草檄[2]
砚水凝。

虏骑闻之应胆慑，料知短兵[3]不敢接，车师西门伫
献捷[4]。

作者简介

见前。

编者按

此诗作于754年（唐玄宗天宝十三载）或755年（天宝十四
载），当时岑参担任安西、北庭节度使判官。这期间，封常清
曾几次出兵作战。这是岑参为封常清出兵西征而创作的送行
诗，与《轮台歌奉送封大夫出师西征》系同一时期、为同一事
件、馈赠同一对象之作。

岑参诗的特点是意奇语奇，尤其是边塞之作，奇气益著。
《白雪歌送武判官归京》是奇而婉，侧重在表现边塞绮丽瑰异
的风光，给人以清新俊逸之感；这首诗则是奇而壮，风沙的猛
烈、人物的豪迈，都给人以雄浑壮美之感。为了表现边防将士

---

[1] 五花连钱：指马斑驳的毛色。
[2] 草檄（xí）：起草讨伐敌军的文告。
[3] 短兵：指刀剑一类武器。
[4] 车师：为唐北庭都护府治所庭州，今新疆乌鲁木齐东北。
伫：久立，此处作等待解。献捷：献上贺捷诗章。

高昂的爱国精神，诗人用了反衬手法，抓住有边地特征的景物
来状写环境的艰险，极力渲染、夸张环境的恶劣，来突出人物
不畏艰险的精神。诗中运用了比喻、夸张等艺术手法，写得惊
心动魄，绘声绘色，热情奔放，气势昂扬。全篇奇句豪气，风
发泉涌。由于诗人有边疆生活的亲身体验，因而此诗能"奇而
入理"，"奇而实确"，真实动人。全诗句句用韵，除开头两
句外，三句一转韵，这在七言古诗中是不多见的。全诗韵位密
集，换韵频数，节奏急促有力，情韵灵活流宕，声调激越豪
壮，有如音乐中的进行曲。

过燕支^[1] 寄杜位^[2]

岑 参

燕支山西酒泉道^[3]，北风吹沙卷白草^[4]。

长安遥在日光边^[5]，忆君不见令人老^[6]。

---

[1] 燕支：山名，又名焉支山、胭脂山，在今甘肃省张掖市丹东县东南五十多公里处，因产胭脂草而得名。

[2] 杜位：杜甫的堂弟，李林甫的女婿，曾任考功郎中、湖州刺史。

[3] 酒泉：郡名，即肃州，今甘肃酒泉。

[4] 白草：边塞所长之牧草。据《汉书·西域传》注曰："白草似莠而细，无芒，其干熟时正白色，牛马所嗜也。"

[5] "长安"句：此句化用晋明帝的典故。据《初学记》卷一引刘劭《幼童传》记载：明皇帝讳绍，字道畿，元皇帝长子也。幼而聪哲，为元帝所宠异。年数岁，尝坐置膝前，属长安使来，因问帝曰："汝谓日与长安孰远？"对曰："长安近。不闻人从日边来，只闻人从长安来，居然可知也。"元帝异之。明日，宴群僚，又问之。对曰："日近。"元帝失色，问何以异昨日之言。"对曰："举头不见长安，只见日，是以知近。"帝大悦。

[6] "忆君"句：典出《古诗十九首·行行重行行》："思君令人老，岁月忽已晚。"

作者简介

见前。

编者按

此诗前两句"燕支山西酒泉道，北风吹沙卷白草"，极言塞外荒凉、酷虐的环境，极富塞外色彩。"燕支""酒泉"，以西域的地名入诗，一望而知是西北边陲一带；"北风""沙""白草"，以特殊地域的自然景物入诗，给全诗罩上了一层沙海气息；"吹""卷"，以独有的狂虐气势入诗，更给全诗贯注了一股粗犷的沙漠的血液。后两句"长安遥在日光边，忆君不见令人老"，直抒胸臆，表达诗人深切的思念之情。

全诗表达的感情虽极为普通，但表达方式却独具特色。以自己所处环境开篇，有一种向友人描述自己生活状况的意思，同时又意指自己在这苍凉、萧索的环境中，十分孤独，因而更加怀念友人，怀念那共处的美好时光；随即的直抒胸臆即是印证了这一意境。抒情中又有对典故的运用，且不着痕迹，浑然天成，更见诗人笔力之深厚。

白雪歌送武判官[1]归京

岑 参

北风卷地白草[2]折，胡天[3]八月即飞雪。

忽如一夜春风来，千树万树梨花[4]开。

散入珠帘[5]湿罗幕，狐裘[6]不暖锦衾薄。

将军角弓[7]不得控，都护[8]铁衣冷难着。

---

[1] 武判官：名不详。判官，官职名。唐代节度使等朝廷派出的持节大使，可委任幕僚协助判处公事，称判官，是节度使、观察使一类的僚属。

[2] 白草：西域的一种牧草，秋天呈白色。

[3] 胡天：指塞北的天。胡，古代汉民族对北方各民族的通称。

[4] 梨花：花作白色，春天开放，这里比喻雪花积在树枝上，像梨花开了一样。

[5] 珠帘：用珍珠串成的帘子，形容帘子华美。罗幕：用丝织品做的帐幕，形容帐幕的华美。

[6] 狐裘（qiú）：狐皮衣服。锦衾（qīn）：锦缎被子。此句形容天气很冷。

[7] 角弓：两端用兽角装饰的弓，也作"雕弓"。不得控：拉不开，此句也是形容天气很冷。

[8] 都（dū）护：泛指镇守边镇的长官，与上文的"将军"是互文。铁衣：铠甲。此句也是形容天气很冷。

瀚海[1]阑干百丈冰，愁云惨淡[2]万里凝。

中军[3]置酒饮归客，胡琴琵琶与羌笛[4]。

纷纷暮雪下辕门[5]，风掣红旗冻不翻。

轮台东门送君去，去时雪满天山路。

山回路转不见君，雪上空留马行处。

作者简介

见前。

编者按

岑参于唐玄宗天宝十三年（754年）夏秋之交到北庭，唐肃宗至德二年（757年）春夏之交东归，此诗当作于此期。天宝十三年这次是岑参第二次出塞，充任安西北庭节度使封常清的判官（节度使的僚属），而武判官即其前任，诗人在轮台送他归京（唐代都城长安）而写下了此诗。

———————

[1] 瀚（hàn）海：沙漠。这句说大沙漠里到处都结着很厚的冰。阑干：纵横交错的样子。

[2] 惨淡：昏暗。

[3] 中军：称主将、指挥部。古时分兵为中、左、右三军，中军为主帅的大帐。饮归客：宴饮归京的人，指武判官。

[4] 胡琴琵琶与羌（qiāng）笛：都是当时西域地区民族的乐器。

[5] 辕门：军营门。古代军队扎营，用车环围，出入处以两车车辕相向竖立，像门。

玉门关[1] 盖将军[2] 歌（节选）

岑 参

盖将军，真丈夫。
行年[3]三十执金吾[4]，
……
玉门关城迥[5]且孤，
黄沙万里白草[6]枯。

作者简介

见前。

---

[1] 玉门关：旧址在今甘肃省敦煌西北小方盘城，唐代属河西节度使辖境内。

[2] 盖（gě）将军：当为盖庭伦，当时任河西兵马使。

[3] 行年：犹言年纪。

[4] 执金吾：金吾将军，唐时武官中的显要职位。

[5] 迥（jiǒng）：遥远

[6] 白草：西北草原上的野草，到秋天干枯变白，称为"白草"。

编者按

　　《玉门关盖将军歌》大概写成于唐玄宗天宝十三年十二月，当时岑参赴北庭任节度判官，行役至玉门关时所作。

　　此处为节选，全诗为："盖将军，真丈夫。行年三十执金吾，身长七尺颇有须。玉门关城迥且孤，黄沙万里白草枯。南邻犬戎北接胡，将军到来备不虞。五千甲兵胆力粗，军中无事但欢娱。暖屋绣帘红地炉，织成壁衣花氍毹。灯前侍婢泻玉壶，金铛乱点野酡酥。紫绂金章左右趋，问着只是苍头奴。美人一双闲且都，朱唇翠眉映明湖㯩。清歌一曲世所无，今日喜闻《凤将雏》。可怜绝胜秦罗敷，使君五马谩踟蹰。野草绣窠紫罗襦，红牙镂马对樗蒱。玉盘纤手撒作卢，众中夸道不曾输。枥上昂昂皆骏驹，桃花叱拨价最殊。骑将猎向城南隅，腊日射杀千年狐。我来塞外按边储，为君取醉酒剩沽。醉争酒盏相喧呼，忽忆咸阳旧酒徒。"

边城曲

戴叔伦

人生莫作远行客，远行莫戍[1]黄沙碛[2]。
黄沙碛下八月时，霜风裂肤百草衰。
尘沙晴天迷道路，河水悠悠向东去。
胡笳[3]听彻双泪流，羁魂惨惨生边愁。
原头[4]猎火夜相向，马蹄蹴[5]踏层冰上。
不似京华侠少年，清歌妙舞落花前。

作者简介

戴叔伦（732—789 年），字幼公，润州金坛（今属江苏）人。曾任新城令、东阳令、抚州刺史、容管经略使。晚年上表

[1] 戍：驻守。《说文》："戍，守边也。"
[2] 碛：沙漠。
[3] 胡笳：我国古代北方民族的管乐器。
[4] 原头：原野，田头。
[5] 蹴（cù）：踩，踏。

自请为道士。其诗多表现隐逸生活和闲适情调，但《女耕田行》《屯田词》等篇也反映了人民生活的艰苦。论诗主张"诗家之景，如蓝田日暖，良玉生烟，可望而不可置于眉睫之前"。其诗各种体裁皆有所涉猎。

编者按

在大历、贞元间的诗人中，戴叔伦诗是以反映当时农村生活见长的。《女耕田行》写封建压迫下妇女从事田间劳动的艰苦情况；《边城曲》写兵士远戍边城之苦，并以都城长安的豪华生活相对比；《屯田词》表现了诗人对处于苛重压迫和剥削之下的劳动者的同情。这些作品，大多"即事名篇"，采取七言歌行的形式，可以看作白居易所提倡的新乐府体的先导。

夜上受降城^[1]闻笛

李　益

回乐峰^[2]前沙似雪，受降城下^[3]月如霜。
不知何处吹芦管^[4]，一夜征人尽望乡^[5]。

作者简介

　　李益（约750—约830年），字君虞，凉州姑臧（今甘肃武威市凉州区）人。大历四年（769年）进士，大历六年（771

---

　　[1]　受降城：唐初名将张仁愿为了防御突厥，在黄河以北筑受降城，分东、中、西三城，都在今内蒙古自治区境内。另有一种说法是：646年（贞观二十年），唐太宗亲临灵州接受突厥一部的投降，"受降城"之名即由此而来。

　　[2]　回乐峰：唐代有回乐县，灵州治所，在今宁夏回族自治区灵武县西南。回乐峰即当地山峰。一作"回乐烽"：指回乐县附近的烽火台。

　　[3]　城下：一作"城上"，一作"城外"。

　　[4]　芦管：笛子。一作"芦笛"。

　　[5]　征人：戍边的将士。尽：全。

年），登书叛拔萃科。授任郑县主簿，久不得升迁，因仕途失意，后弃官在燕赵一带漫游。820年后入朝，历秘书少监、集贤殿学士、右散骑常侍等职，827年以礼部尚书致仕。以边塞诗作名世，擅长绝句，尤其工于七绝。

编者按

　　这是一首抒写戍边将士乡情的诗作，从多角度描绘了戍边将士（包括吹笛人）浓烈的乡思和满心的哀愁之情。从全诗来看，前两句写的是色，第三句写的是声；末句抒心中所感，写的是情。前三句都是为末句直接抒情作烘托、铺垫。开头由视觉形象引动绵绵乡情，进而由听觉形象把乡思的暗流引向滔滔的感情的洪波。前三句已经蓄势有余，末句一般就用直抒写出。李益却蹊径独辟，让满孕之情在结尾处打个回旋，用拟想中的征人望乡的镜头加以表现，使人感到句绝而意不绝，在戛然而止处仍然漾开一个又一个涟漪。这首诗艺术上的成功，就在于把景色、声音、感情三者融合为一体，将诗情、画意与音乐美熔于一炉，组成了一个完整的艺术整体，意境浑成，简洁空灵，而又具有含蕴不尽的特点。

　　这首诗语言优美，节奏平缓，寓情于景，以景写情，写出了征人眼前之景、心中之情，感人肺腑。诗意婉曲深远，让人回味无穷。《唐诗纪事》说这首诗在当时便被度曲入画。仔细体味全诗意境，的确也是谱歌作画的佳品。因而被谱入弦管，天下传唱，成为中唐绝句中出色的名篇之一。

临滹沱[1] 见蕃使

李 益

漠南春色到滹沱，碧柳青青塞马多。

万里关山今不闭，汉家频许郅支[2]和。

作者简介

见前。

编者按

前两句写景，诗人在滹沱河边看到碧柳青青，就会联想到

---

[1] 滹（hū）沱，亦作"滹沲"。水名，即滹沱河。在河北省西部。出山西省繁峙县东之泰戏山，穿割太行山，东流入河北平原，在献县和滏阳河汇合为子牙河。

[2] 郅支：即郅支单于（？—前36年），名呼屠吾斯，匈奴分裂为南北两部之后的北匈奴第一代单于，曾击败大宛、乌孙等国，强迫四方各族进贡，威震西域，一度领导了匈奴的短暂复兴，最后被汉朝远征军击灭。

春天的脚步声已临近；滹沱河上，众多塞马昂首挺立，场面非常热烈壮观。后两句"万里关山今不闭，汉家频许郅支和"赋意，这美好的春色，不仅烘托出人们的喜悦心情，还象征唐与回纥的和睦关系。

度破讷沙[1] 二首

李 益

其一

眼见风来沙旋移[2]，经年不省[3]草生时。

莫言[4]塞北无春到，总有[5]春来何处知。

其二

破讷沙头雁正飞，鸊鹈泉[6]上战初归。

平明[7]日出东南地，满碛[8]寒光生铁衣。

---

[1] 破讷沙：系沙漠译名，亦作"普纳沙"（《新唐书·地理志七》），即今鄂尔多斯境内库布齐沙漠。

[2] 沙旋移：沙尘飞旋，沙丘移动。

[3] 不省（xǐng）：谓未见过。唐杜甫《见王监兵马使说近山有白黑二鹰》诗之二："黑鹰不省人间有，度海疑从北极来。"

[4] 莫言：一作"无端"。到：一作"色"。

[5] 总有：犹纵有，虽有。

[6] 鸊（pì）鹈（tí）泉：泉水名，唐时在丰州西受降城北（今内蒙古河套西北部）。据说唐代丰州有九十九泉，在西受降城北三百里的鸊鹈泉号称最大。

[7] 平明：犹黎明，天刚亮的时候。

[8] 碛（qì）：沙漠。

作者简介

见前。

编者按

这两首诗是边塞诗人李益过破讷沙漠时创作的。第一首诗是在一年春天李益在沙漠遇上了沙尘暴时写下的。第二首诗则是为唐与回鹘交战而作。唐宪宗元和初，回鹘曾以骑兵进犯，与镇武节度使驻兵在此交战，诗主要是概括了这样的历史内容。

第一首诗是用诗的语言记录了自己亲历的一场沙尘暴。首句"眼见风来沙旋移"，高屋建瓴，气势逼人，仅一个"旋"字，足见风沙来势之猛烈。正因为有了这样震撼人心的亲历，诗人才会有"经年不省草生时"的联想，在这茫茫的沙碛上怕是永远看不到草木生长了。接下两句，诗意为之一转："莫言塞北无春到，总有春来何处知。"这两句用以退为进的笔法，表现塞北终年无春的特征。

这第二首诗描绘了戍边将士战罢归来的图景。前两句写大漠辽远、大雁高飞，既有胜利者的喜悦，又有征人的乡思；后两句写日出东南、铁衣生寒，既表现了壮阔背景上军容的整肃，又暗含了军旅生活的艰辛。诗歌撷取极具边塞特色的含蕴丰富的意象，通过喜忧、暖冷、声色等的比照映衬，营造出雄健、壮美的意境，抒写了征人慷慨悲壮的情怀。

登长城[1]

李 益

汉家今上郡[2]，秦塞古长城[3]。

有日云长惨，无风沙自惊。

当今圣天子，不战四夷[4]平。

作者简介

见前。

---

[1] 一题作《塞下曲》。

[2] 汉家：指唐朝。上郡：即绥州，天宝元年改为上郡，治所在龙泉（今陕西绥德）

[3] 古长城：东接上郡，位于今陕西靖边东北的秦长城。

[4] 四夷：是指东夷、西戎、南蛮、北狄。古代指华夏族以外的各少数民族。

编者按

　　诗人登上长城，心中油然而生一股豪迈之气，化为诗则气象开阔、纵横古今。从城头上放眼望去，秦时的长城与唐朝的堡垒屹立不倒，一轮烈日炎炎，云影稀疏，虽无风，沙石也自作惊飞状。诗人不由得感叹当今盛世，天子威震四海，四夷咸服。

邀花伴

孟 郊

边地^[1]春不足，十里见一花。
及时须遨游，日暮饶^[2]风沙。

作者简介

孟郊（751—814年），字东野，湖州武康（今浙江德清）人。唐代著名诗人。现存诗歌五百多首，以短篇的五言古诗最多，代表作有《游子吟》。有"诗囚"之称。

编者按

此诗写边塞上的春日风光。风沙既多，便少花草，自然而生"边地春不足"的感叹。正如"春风不度玉门关"之意。

---

[1] 边地：边远的地区。
[2] 饶：多。

凉州词

张　籍

边城暮雨雁飞低，芦笋初生渐欲齐。
无数铃声遥过碛[1]，应驮白练[2]到安西[3]。

作者简介

张籍（约767—约830年），字文昌，和州乌江（今安徽
和县）人，世称"张水部""张司业"。张籍的乐府诗与王建
齐名，并称"张王乐府"。著名诗篇有《塞下曲》《征妇怨》
《采莲曲》《江南曲》。

---

[1]　碛：戈壁，沙漠。

[2]　白练：白色热绢。这里泛指丝绸。

[3]　安西：地名。唐方镇有安西都护府，其治所在今新疆库车，
兼辖龟兹、焉耆、于阗、疏勒四镇。贞元六年（790年），为吐蕃所陷。

编者按

张籍的《凉州词》共三首，这是第一首。

诗作描写边塞风光运用了远与近、高与低、动与静、虚与实的衬托对比手法。前两句写眼前景物，从暮色中低飞的雁，到初生的芦笋渐渐生长的画面，远近、高低、动静、虚实皆相互衬托。诗的前两句尚且是眼前的景，后两句则把诗境扩展到浩瀚遥远的大漠彼方，一直把诗思推到视线之外。"无数铃声遥过碛"，写的是在沙漠上缓慢行进的一队驮运货物的骆驼，但句中却并没有出现骆驼和押运人员的形象，只有从沙漠上遥遥传来的络绎不绝的驼铃声。这是以声传影，因声见形的妙用。这里只需写铃声之传来，自会凭联想将声音转化为形象，自会在脑际浮现一支连延不断的驼队渐行渐远的图景。作者之所以为驼铃声所吸引，其诗笔之所以转向那一串飘荡在沙漠上的铃声，是因为他身在边城，蒿目时艰，他的一颗无比沉重的心已随那逐渐向西方消逝的驼铃声而越过了沙漠，飞到那虽然远在视线之外、却时时进入思念之中的安西四镇。诗的末句"应驮白练到安西"，正是作者的情思所注，也是这首诗的点睛之笔。

浪淘沙

刘禹锡

日照澄洲[1]江雾开，淘金女伴满江隈[2]。
美人首饰侯王印，尽是沙中浪底来。

作者简介

刘禹锡（772－842年），字梦得，唐朝洛阳（今河南洛阳）人，唐朝文学家、哲学家。自称是汉中山靖王后裔。曾任监察御史，是王叔文政治改革集团的一员，后来永贞革新失败被贬为朗州司马（今湖南常德）。

编者按

"浪淘沙"是唐代民间歌曲之一，后来变成了词牌名称。刘禹锡被贬夔州期间，学习民歌体，写了《浪淘沙九首》，内

---

[1] 澄洲：江水围绕的沙洲。
[2] 江隈：江边弯曲的地方。

容多是写蜀地的淘金劳动。它与《竹枝词》等诗，在诗人集中归在乐府类。这是第六首。

唐诗题材很广，反映劳动人民疾苦之作也不少，但所写的多是男子的劳动，写妇女的极少。此诗写淘金妇女的艰苦劳动，在题材上当属少见。诗中表达了诗人对那些在"沙中浪底"的淘金妇女表示了关切和同情，对那些不劳而获、养尊处优、生活奢华的富贵者予以鄙视讽刺。此诗内容较丰富深刻，但用语简约。头两句寥寥十四字，就描绘出了一幅色彩鲜明的淘金妇女江中淘沙拣金的画面，表现出了她们劳动的艰辛。后两句就事直书，并不议论，而议论自见。笔墨不多，却言简意明。

高昌[1]（节选）

柳宗元

麴氏[2]雄西北，别绝臣外区[3]。

既恃远且险，纵傲不我虞。

烈烈[4]王者师，熊螭[5]以为徒。

龙旗[6]翻海浪，驲骑[7]驰坤隅。

贲育搏婴儿[8]，一扫不复余。

平沙际天极，但见黄云驱。

---

[1]　高昌：位于今新疆吐鲁番市东南之哈喇和卓地方，贞观十四年（640年），高昌国为唐所灭，置高昌县，后设安西都护府统之。

[2]　麴（qū）氏：《旧唐书·高昌传》："其王麴伯雅，即后魏时高昌王嘉之六世孙也。……武德二年（619年），伯雅死，子文泰嗣。"这里所指的就是伯雅子文泰。

[3]　臣外区：指麴氏向西突厥称臣。

[4]　烈烈：威武的样子。

[5]　熊螭（chī）：喻士兵如熊、螭一样勇猛。

[6]　龙旗（qí）：画交龙图案的旗子。

[7]　驲（rì）骑：指古代驿站车骑。坤隅：西南方。

[8]　贲（bēn）育：指古时两位勇士孟贲和夏育。传说孟贲"水行不避蛟龙，陆行不避豺狼，发怒吐气，声响动天。"搏：空手而执也。

作者简介

柳宗元（773—819年），字子厚，河东（今山西永济县）人。登进士第，博学宏辞，授校书郎，调蓝田尉。贞元十九年，为监察御史里行。王叔文、韦执谊用事，尤奇待宗元，擢尚书礼部员外郎。会叔文败，贬永州司马。宗元少精警绝伦，为文章雄深雅健，踔厉风发，为当时流辈所推仰。既罹窜逐，涉履蛮瘴，居闲益自刻苦。其堙厄感郁，一寓诸文，读者为之悲恻。元和十年，移柳州刺史。江岭间为进士者，走数千里，从宗元游。经指授者，为文辞皆有法，世号柳柳州。元和十四年卒，年四十七。集四十五卷，内诗二卷，今编为四卷。

编者按

《唐铙歌鼓吹曲·高昌》是唐代文学家柳宗元创作的组诗《唐铙歌鼓吹曲》十二首的第十一首诗。此处为节选，全诗为："麹氏雄西北，别绝臣外区。既恃远且险，纵傲不我虞。烈烈王者师，熊螭以为徒。龙旗翻海浪，驲骑驰坤隅。贲育搏婴儿，一扫不复余。平沙际天极，但见黄云驱。臣靖执长缨，智勇伏囚拘。文皇南面坐，夷狄千群趋。咸称天子神，往古不得俱。献号天可汗，以覆我国都。兵戎不交害，各保性与躯。"

此诗与《唐铙歌鼓吹曲·吐谷浑》都是叙李靖赫赫战

功，为五言诗，似乐府作品，又有古诗风味，一韵到底，笔法与《唐铙歌鼓吹曲·河右平》《唐铙歌鼓吹曲·铁山碎》相类。值得一提的是，此诗极尽歌功颂德之美辞丽语，蛮夷臣服，"咸称天子神，往古不得俱"，"献号天可汗，以覆我国都"。从某种意义上看，表现了诗人盼统一颂太平的爱国情怀。

云中[1]道上作

施肩吾

羊马群中觅人道,雁门关[2]外绝人家。
昔时闻有云中郡,今日无云空见沙。

作者简介

施肩吾（780—861年），字希圣，号东斋，唐宪宗元和十五年（820年）进士，唐睦州分水县桐岘乡（贤德乡）人，入道后称栖真子。为唐代著名诗人、道学家。

编者按

"昔时闻有云中郡，今日无云空见沙"，此句可见唐朝时云中地方环境的恶化。

---

[1] 云中:古郡名。原为战国赵地,秦时置郡,治所在云中县(今内蒙古托克托东北)。

[2] 雁门关:在山西省代县北部。

马 诗

李 贺

大漠沙如雪，燕山[1]月似钩[2]。
何当金络脑[3]，快走踏清秋。

作者简介

　　李贺（约791—817年），字长吉，唐代河南度府福昌（今河南洛阳宜阳县）人，家居福昌昌谷，后世称李昌谷，是唐宗室郑王李亮后裔。有"诗鬼"之称，是与"诗圣"杜甫、"诗仙"李白、"诗佛"王维齐名的唐代著名诗人。著有《昌谷集》。李贺与李白、李商隐并称为唐代三李。有"太白仙才，长吉鬼才"之说。李贺是继屈原、李白之后，中国文学史上又一位颇享盛誉的浪漫主义诗人。由于李贺长期抑郁感伤、焦思苦吟的生活方式，元和八年（813年）因病辞去奉礼郎回昌谷，二十七岁英年早逝。

---

[1] 燕山：山名，在现在河北省北部。

[2] 钩：弯刀，古代兵器，形似月牙。

[3] 金络脑：用黄金装饰的马笼头，说明马具的华贵。

编者按

  李贺的《马诗》共有二十三首，名为咏马，实际上是借物抒怀，抒发自己怀才不遇的愤慨和建功立业的抱负。这里所选的是第五首。

  此诗并非直抒胸臆，而是借寓言比喻说事。诗的一、二句中，以雪喻沙，以钩喻月，是比；从一个富有特征性的景色写起以引出抒情，是兴。短短二十字中，比中见兴，兴中有比，大大丰富了诗的表现力。从句法上看，后二句一气呵成，以"何当"领起设问，强烈传出无限企盼意，且有唱叹味；而"踏清秋"三字，声调铿锵，词语搭配新奇，盖"清秋"草黄马肥，正好驰驱，冠以"快走"二字，形象暗示出骏马轻捷矫健的风姿，恰是"所向无空阔，真堪托死生。骁腾有如此，万里可横行"（杜甫《房兵曹胡马》）。所以字句的锻炼，也是此诗艺术表现上不可忽略的成功因素。

旅次[1] 夏州[2]

马 戴

嘶马发相续，行次夏王台。

锁郡云阴暮，鸣笳[3]烧色来。

霜繁边上宿，鬓改碛中回。

怅望胡沙晓，惊蓬朔吹[4]催。

作者简介

马戴（799—869年），字虞臣，唐海州曲阳（今江苏省东海县西南）人。晚唐时期著名诗人。早年屡试落第，困于场屋垂三十年，客游所至，南极潇湘，北抵幽燕，西至河陇，久滞

---

[1] 次：临时驻扎和住宿。

[2] 夏州：唐辖境相当于今陕西大理河以北红柳河流域及内蒙古杭锦旗、乌审旗等地区。

[3] 笳：中国古代北方民族的一种吹奏乐器，似笛。通常称胡笳，胡人卷芦叶为笳，吹以作乐，后以竹为管，饰以桦皮，上有三孔，两端加角。

[4] 朔吹：北风。

长安及关中一带，并隐居于华山，遨游边关。直至武宗会昌四年（844年）与项斯、赵嘏同榜登第。宣宗大中元年（847年）为太原府掌书记，以直言获罪，贬为龙阳（今湖南省汉寿）尉，后得赦还京。懿宗咸通末，佐大同军幕。咸通七年（867年）擢国子博士。

编者按

马戴是晚唐众诗人中，存诗不多但取得较高艺术成就的诗人。此诗当作于马戴在夏绥镇幕中时。与同时代的诗人一样，马戴同样感受着那衰颓的时代气氛，其诗歌创作的基调整体上倾向于衰颓落寞，"霜繁""鬓改""怅望"等词也显示出诗人此时的心境。

游 边

杜 牧

黄沙连海[1]路无尘，边草长枯不见春。

日暮拂云堆下过，马前逢著射雕人[2]。

作者简介

　　杜牧（803—约852年），字牧之，号樊川居士，京兆万年（今陕西西安）人。杜牧人称"小杜"，以别于杜甫。与李商隐并称"小李杜"。因晚年居长安南樊川别墅，故后世称"杜樊川"，著有《樊川文集》。

编者按

　　唐时拂云堆的驰名与朔方道大总管、韩国公张仁愿筑三受降城有关。《旧唐书·张仁愿传》中说："以拂云祠为中城，

[1] 海：指瀚海，沙漠。

[2] 射雕人：善射者

与东、西两城相去各四百余里，皆据津济，遥相应接。"中受降城修筑前，附近有堆阜称拂云祠，是渡河入塞的突厥人祭酹求福的处所。《元和郡县志》卷四云："朔方军北与突厥以河为界，河北岸有拂云祠，突厥将入寇，必先诣祠祭酹求福，因牧马料兵，而后渡河。"

拂云堆应为高峻之地，远远望去，堆上有白云袭顶，"拂云"之势即成，便被唤作拂云堆。突厥人拜天，拂云堆应该不仅仅是一处，而是数处甚至是数十处。拂云堆之所以驰名，与其与汗庭牙帐的驻地近相关。突厥可汗的拜天祭祀场所，一定非同寻常，隆出之堆，便具有象征意义。拂云堆也就成了祭天的所在。

赤　壁

杜　牧

折戟沉沙[1]铁未销，自将磨洗认前朝。
东风[2]不与周郎[3]便，铜雀春深锁二乔[4]。

作者简介

　　见前。

编者按

　　诗篇的开头借一件古物兴起对前朝人、事、物的慨叹。
"折戟沉沙铁未销，自将磨洗认前朝。"这两句意为折断的战
戟沉在泥沙中并未被销蚀，自己将它磨洗后认出是前朝遗物。

---

　　[1]　折戟沉沙：断了的戟没入沙中。戟：一种武器。
　　[2]　东风：东吴以火攻攻打西面的曹营要借助东风。
　　[3]　周郎：周瑜，吴军统率。
　　[4]　二乔：吴国二美女，大乔嫁给孙策，小乔嫁给周瑜。

在这里，这两句描写看似平淡实不平淡。沙里沉埋着断戟，点出了此地曾有过历史风云。战戟折断沉沙却未被销蚀，暗含着岁月流逝而物是人非之感。正是由于发现了这一件沉埋江底六百多年，锈迹斑斑的"折戟"，使得诗人思绪万千，因此他要磨洗干净辨认一番，发现原来是赤壁之战遗留下来的兵器。这样前朝的遗物又进一步引发作者浮想联翩的思绪，为后文抒怀做了很好的铺垫。"东风不与周郎便，铜雀春深锁二乔。"这后两句久为人们所传诵的佳句，意为倘若当年东风不帮助周瑜的话，那么铜雀台就会深深地锁住东吴二乔了。这里涉及到历史上著名的赤壁之战。这对于诗人而言是相当清楚的，因为杜牧本人有经邦济世之才，通晓政治、军事，对历史时事是非常熟悉的。众所周知，赤壁之战吴胜曹败，可此处作者进行了以逆向思维大胆地设想，提出了一个与历史事实相反的假设。假若当年东风不帮助周瑜的话，那结果会如何呢？诗人并未直言战争的结局，而是说"铜雀春深锁二乔"；铜雀台乃曹操骄奢淫乐之所，蓄姬妾歌姬其中。这里的铜雀台，让人不禁联想到曹操风流的一面，又言"春深"更加深了风流韵味，最后再用一个"锁"字，进一步突显其金屋藏娇之意。把硝烟弥漫的战争胜负写得如此蕴藉，实在令人佩服。

敕勒歌 [1]

温庭筠

敕勒金帷壁 [2]，阴山 [3] 无岁华。

帐外风飘雪，营前月照沙。

羌儿吹玉管 [4]，胡姬踏锦花 [5]。

却笑江南客，梅落 [6] 不归家。

作者简介

温庭筠（约812—866年）本名岐，字飞卿，太原祁（今山西祁县东南）人。富有天才，文思敏捷，每入试，押官韵，

---

[1] 勒勒歌：北朝乐府诗题。

[2] 敕勒：我国古代北方民族，也叫铁勒。其先为匈奴，南北朝时为突厥所并。壁：一作碧。

[3] 阴山：位于内蒙古的阴山山脉。

[4] 羌：我国古代西部民族之一。玉管：羌笛。

[5] 踏锦花：《乐府杂录·俳优》载，胡旋舞，居一小圆球子上作舞，双足纵横腾掷，终不离球上。

[6] 梅落：笛曲有《落梅》。

八叉手而成八韵，所以也有"温八叉"之称。然恃才不羁，又好讥刺权贵，多犯忌讳，取憎于时，故屡举进士不第，长被贬抑，终生不得志。官终国子助教。精通音律。工诗，与李商隐齐名，时称"温李"。其诗辞藻华丽，秾艳精致，内容多写闺情。其词艺术成就在晚唐诸词人之上，为"花间派"首要词人，对词的发展影响较大。在词史上，与韦庄齐名，并称"温韦"。存词七十余首。后人辑有《温飞卿集》及《金奁集》。

编者按

诗人以简洁的笔触勾勒出在塞外的见闻与所思。"帐外风飘雪，营前月照沙"一句便描绘出典型的塞外风光，意境开阔苍凉。下两句则是将视角转向眼前，羌儿歌，胡姬舞，而自己作为一个"江南客"，听到一曲《落梅》却只有苦笑不曾归家。写思家之情却不落前人俗套，另觅新径。

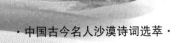

塞上曲

周　朴

一阵风来一阵砂，有人行处没人家。

黄河九曲冰先合，紫塞^[1]三春^[2]不见花。

作者简介

　　周朴（？—878年），字见素，一作太朴，唐遂安郡桐庐县（今浙江省桐庐县）人，唐末诗人。工于诗，无功名之念，隐居闽中，寄食寺庙中当居士，常与山僧钓叟相往还。与诗僧贯休、方干、李频为诗友。生性喜欢吟诗，尤其喜欢苦涩的诗风。

---

　　[1]　紫塞：北方边塞。晋崔豹《古今注·都邑》："秦筑长城，土色皆紫，汉塞亦然，故称紫塞焉。"

　　[2]　三春：春季第三个月。农历正月称孟春，二月称仲春，三月称季春。

编者按

　　此诗以简洁的笔触描绘了北方边塞的恶劣环境，展示了塞上黄沙弥漫、荒无人烟的凄凉景象。

夏州[1]道中

许 棠

茫茫沙漠广，渐远赫连城[2]。

堡迥烽相见，河移浪旋生。

无蝉嘶折柳，有寇似防兵。

不耐饥寒迫，终谁至此行。

作者简介

许棠(生卒年不详)，字文化，唐宣城郡泾县（今安徽泾县人）唐代诗人。咸通十二年（872年）中进士，曾为江宁丞。后辞官，潦倒以终，为"咸通十哲"之一。

---

[1]　夏州：唐关内道夏州，治夏洲（今陕西省靖边县）。

[2]　赫连城：《梦溪笔谈·官政一》曰："延州故丰林县城，赫连勃勃所筑，至今谓之'赫连城'"。在今陕西省延安市东。

编者按

赫连城在北魏著名地理学家郦道元《水经注》（卷三·河水）中所载："赫连龙升七年，于是水（按：指奢延水）之北，黑水之南，遣将作大匠梁公叱干阿利改筑大城，名曰统万城。"统万城是北朝十六国之一"夏"的国都，建于413年，毁弃于994年。位于陕北边境纳林河南，无定河北岸塬头上。

匈奴族铁弗部首领赫连勃勃于晋义熙三年（407年），自称天王，大单元龙升元年，设置百官，国号大夏，雄踞朔北大漠。义熙九年（413年）征发岭北各族人民十万众于朔方水以北，黑水之南营筑都城。，取名"统万"寓"统一天下，君临万邦"之意。负责筑城的叱干阿利凶残好杀，下令用蒸土筑城，待土干后，用铁锥刺土检验，只要刺入一寸，即杀死筑城的民工，推倒再筑。筑城用的是粘土和石灰混合的"三合土"，故土色泛白且坚固，因而当地群众俗称"白城子"。427年，魏世祖灭赫连昌，夏亡。魏设统万镇。487年（太和十一年）置夏州，以统万城为夏州治所。隋时统万城属朔方郡管辖，五代及北宋时期，党项羌聚居于这一带，经常与北宋磨擦冲突。994年，宋廷移民毁城，从此，统万城夷为废墟。

随边使过五原 [1]

储嗣宗

偶逐星车 [2] 犯虏尘，故乡常恐到无因。

五原西去阳关 [3] 废，日漫平沙不见人。

作者简介

　　储嗣宗，唐诗人。润州延陵（今江苏丹阳）人。储光
羲曾孙，《储氏总谱》（世德堂光绪廿二）载："公柔，讳
调宗"，《储氏宗谱》（世德堂1989年）载："公柔，讳嗣
宗"，《元和姓纂》记为"嗣宗"。宣宗大中十三年（859年）
登进士第，曾任校书郎。到过北方边塞，与顾非熊、顾陶友
善。崇仰王维，受王维、储光羲影响，其诗善写山林幽景，多

---

　　[1]　五原：唐盐州五原县（今陕西定边县）。

　　[2]　逐：随，跟随。星车：即星轺（yáo），使者所乘的车。

　　[3]　阳关：古关名，在今甘肃省敦煌市西南古董滩附近，因
位于玉门关以南，故称。《汉书·地理志下》："敦煌郡……龙勒。
有阳关、玉门关，皆都尉治。"

发尘外之思，缺乏社会内容。元辛文房谓其为诗"苦思梦索，所谓逐句留心，每字着意，悠然皆尘外之想"，并称颂其"片水明在野，万华深见人""蝉鸣月中树，风落客前花"等警句为"皆区区所当避舍者也"。但艺术成就远不及王、储。《直斋书录解题》著录有诗集一卷。《全唐诗》录存其诗四十首，编为一卷。《全唐诗外编》补诗一首。

编者按

从敦煌西行，出阳关、玉门关便进入西域，此二者是古代丝绸之路上的重要关隘，分别扼守通往西域的南北两道。这两座屹立在汉唐边陲的雄关，充满了神奇的魅力，引得历代文人墨客魂牵梦绕反复吟唱。此诗的作者也跟随着使者的车往西去，过了五原、阳关，便是黄沙漫漫不见人的景象。

边 上

齐 己

汉地从休马[1]，胡家自牧羊。

都来销帝道[2]，浑不用兵防。

草上孤城白，沙翻大漠黄。

秋风起边雁[3]，一一向潇湘[4]。

作者简介

　　齐己（864—937年），唐潭州沙县（今湖南长沙宁乡县人），唐朝晚期著名诗僧。俗姓胡，名得生，自号衡岳沙门。少年颖悟，据说七岁为寺院放牛时，即取竹枝画牛背为小诗。为僧后，曾游湘江一带。后入都，居长安数载，遍览终

---

　　[1]　休马：放开战马，比喻不再打仗。

　　[2]　帝道：理想的帝王治国之道。《庄子·天道》："天道运而无所积，故万物成；帝道运而无所积，故天下归。"

　　[3]　边雁：边疆（北方）的鸿雁。

　　[4]　潇湘：潇水和湘水。

南山、华山等名胜。诗名日著。曾携诗卷谒郑谷，有《早梅》诗曰："前村深雪里，昨夜数枝开。"郑谷曰："数枝非早也，未若一枝佳。"齐己不觉投拜曰："我一字师也。"后与郑谷多有酬唱。龙德元年（921年）依南平高季兴为龙兴寺僧正。齐己性情孤洁，其诗于清润平淡中见僻远冷峭之致。工五言律，"虽颇沿武功（姚合）一派，而风格独遒"（《四库全书总目》），如《剑客》《登祝融峰》《听李尊师弹琴》等篇，都能代表这种风格。

编者按

全诗的意思：自从边疆停战，胡汉两家的百姓都恢复了生息，不再武力相争，原来自以为理想的治国之道已经慢慢消散。秋风渐起，城头的枯草也已发白，大漠的沙土经风吹移动，显得更黄了，鸿雁已经向南方温暖的地方飞去了。

此诗为庚午岁九日作，大概是诗人因逃避战乱离开旧所，心中生了思乡情绪。

塞 下

秦韬玉

到处人皆著战袍，麾旗风紧马蹄劳。

黑山霜重弓添硬，青冢[1]沙平月更高。

大野几重开雪岭，长河无限旧云涛。

凤林关[2]外皆唐土，何日陈兵戍不毛。

作者简介

秦韬玉，生卒年不详，字中明，京兆长安(今陕西西安)
人，或云郿阳(今陕西合阳)人，唐代诗人。出生于尚武世家，
父为左军军将。少有词藻，工歌吟，却累举不第，后谄附当时
有权势的宦官田令孜，充当幕僚，官丞郎，判盐铁。黄巢起义
军攻占长安后，韬玉从僖宗入蜀，中和二年（882年）特赐进士
及第，编入春榜。田令孜又擢其为工部侍郎、神策军判官。时

---

[1] 青冢：见前。

[2] 凤林关：在今甘肃省临夏县南。

人戏为"巧宦",后不知所终。

编者按

　　此诗尾联"凤林关外皆唐土，何日陈兵戍不毛"，意思是凤林关外都是大唐的疆域，什么时候能够陈兵边塞戍守这不毛之地呢？其中，"凤林关外皆唐土"陈述的是盛唐时的光辉业绩，表达了诗人希望唐朝能重新强盛起来；而"何日陈兵戍不毛"，既是希望，又是诗人对国势日衰的形势无可奈何的叹息。

　　作者生卒年不详，大约是唐僖宗李儇（xuān）这一时期的人。此时的唐，政局动荡，国力衰微。作者发出此感叹，也是希望唐王朝能重新振兴起来。

塞下曲

陈去疾

春至金河[1]雪似花，萧条玉塞[2]但胡沙。
晓来重上关城望，惟见惊尘不见家。

作者简介

陈去疾，字文医，唐福州侯官今（福建省福州市）人。生卒年均不详，约唐文宗太和（827—835年）末前后在世。元和十四年（819年），举进士及第。历官邕管副使。去疾所作诗，今存十三首。

编者按

此诗描绘了塞外春来时的景象：初春时节，大雪似繁花，玉门关

---

[1] 金河：河名，现名大黑河。在今内蒙古自治区境内，发源于卓资山县，至托克托县注入黄河。

[2] 玉塞：玉门关的别称。

只见一片沙尘,等到早晨再上城墙观望,便只能看见飞扬的风沙了。

咏史诗·居延[1]

胡 曾

漠漠平沙际碧天，问人云此是居延。

停骖一顾犹魂断，苏武[2]争禁十九年。

作者简介

胡曾，唐代邵州。邵阳（今属湖南邵阳）人。生卒年不详（约840—？），爱好游历。咸通中举进士不第，滞留长安。咸通十二年（871年），路岩为剑南西川节度使，召为掌书记。

---

[1] 居延：地名，汉代称居延泽，唐代称居延海，在今内蒙古额济纳旗北境。

[2] 苏武（前140—前60年），字子卿，杜陵（今陕西西安）人，代郡太守苏建之子。武帝时为郎。天汉元年（前100年）奉命以中郎将持节出使匈奴，被扣留。匈奴贵族多次威胁利诱，欲使其投降；后将他迁到北海（今贝加尔湖）边牧羊，扬言要公羊生子方可释放他回国。苏武历尽艰辛，留居匈奴十九年持节不屈。至始元六年（前81年），方获释回汉。苏武去世后，汉宣帝将其列为麒麟阁十一功臣之一，彰显其节操。

乾符元年（874年），复为剑南西川节度使高骈掌书记。乾符五年高骈徙荆南节度使，又从赴荆南，后终老故乡。

编者按

大漠平沙一片茫茫，此间便是居延海，诗人暂时驻马停留已觉难以忍受，更想起当年苏武留居匈奴十九年，是何等艰苦难熬。此诗从眼前所见之景一转而入历史的记忆，拉开历史悲壮的帷幕，歌颂苏武的壮行。

登单于台 [1]

李士元

悔上层楼望，翻成极目愁。

路沿葱岭[2]去，河背玉关[3]流。

马散眠沙碛，兵闲倚戍楼。

残阳三会角，吹白旅人头。

作者简介

不详。

---

[1]　单于台：在今内蒙古自治区呼和浩特市西，相传汉武帝曾率军登上此台。

[2]　葱岭：今帕米尔高原。

[3]　玉关：玉门关。

118

编者按

　　此诗首联便提及"悔"上层楼，极目远望愁煞人，原来是异乡之人。

　　李士元不大有名，生平资料不详，不过依据他的另一首诗《登阁》里有"乱后独来登大阁"，可猜测他或许是安史之乱时的人。大约这句诗就是表达因为战乱流落他乡之时，心中对山河破碎的悲痛和流落在外的思乡念旧之情。

登单于台[1]

张 蠙

边兵[2]春尽回，独上单于台。
白日地中出，黄河天外来。
沙翻痕似浪，风急响疑雷。
欲向阴关度，阴关[3]晓不开。

作者简介

张蠙（pín），字象文，清河人。生卒年均不详。生而颖秀，幼能为诗，《登单于台》有"白日地中出，黄河天上来"名，由是知句。家贫累下第，留滞长安。乾宁二年（895年），登进士第。唐懿宗咸通（860—874年）年间，与许棠、张乔、

---

[1] 单于台：在今内蒙古自治区呼和浩特市西，相传汉武帝曾率军登上此台。

[2] 边兵：守卫边疆的士兵。

[3] 阴关：阴山山脉中的关隘。阴山是指内蒙古境内的阴山山脉。

郑谷等合称"咸通十哲"。授校书郎，调栎阳尉，迁犀浦令。王建建蜀国，拜膳部员外郎。后为金堂令。

编者按

　　关于这首诗的创作背景，辛文房《唐才子传校笺》载："疑《登单于台》及《蓟北书事》诸诗，皆系落第时北游燕云边地之作，至早亦应作于年轻时。《郡斋读书志》所载恐误。"则这首诗很可能是作者张蠙早年游塞外，观黄河，望阴山有感而作。

　　单于台，在今内蒙古自治区呼和浩特市西，相传汉武帝曾率兵登临此台。这首诗，描写边塞风光，语句浑朴，境界开阔，虽出于晚唐诗人之手，却很有些"盛唐气象"。但诗人分明看到横断前路的不可逾越的阻障，于是，激越慷慨的高吟大唱一变而为徒唤奈何的颓唐之音。诗到晚唐，纵使歌咏壮阔雄奇的塞外风物，也难得有盛唐时代那蓬蓬勃勃的朝气了。

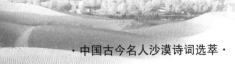

蓟[1]北书事

张 蠙

度碛如经海，茫然但见空。

戌楼承落日，沙塞[2]碍惊蓬。

暑过燕[3]僧出，时平虏[4]客通。

逢人皆上将，谁有定边功。

作者简介

见前。

---

[1] 蓟（jì）：古州名。唐开元十八年置，治所在渔阳（今天
津市蓟县）。

[2] 沙塞：沙漠边塞。

[3] 燕：周时为北燕旧地，也指河北省北部。

[4] 虏：古时对北方外族或南方人对北方人的蔑称。

编者按

　　首联总述在塞外的感受，经过沙漠犹如渡海，茫茫然一片空无一人。中间两联铺述眼前之景。而最后一句却以迅雷不及掩耳之势到来，语含嘲讽之意，更有对盛世不续的感叹——虽然所逢之人都是上将，但谁有平定边陲的功劳呢？

塞 上

赵延寿

黄沙风卷半空抛，云动阴山[1]雪满郊。
探水[2]人回移帐[3]就，射雕箭落著弓抄。
鸟逢霜果[4]饥还啄，马渡冰河渴自跑。
占得高原肥草地，夜深生火折林梢。

作者简介

赵延寿（？—948年），本姓刘，常见（今河北正定）人，后为卢龙节度使赵德钧养子。少美容貌，好书史。初仕后唐，尚后唐明宗兴平公主，为汴州司马，迁汝州刺史，历河阳、宋州节度使；入为上将军，充宣徽使，迁枢密使，镇守徐

---

[1] 阴山：内蒙古中部阴山山脉，这里指北方的高寒地区。
[2] 探水：找水。
[3] 帐：帐篷，蒙古包。
[4] 霜果：被冰霜冻住的果实。

州。长兴三年，加同平章事，出为宣武、忠武两镇节度使。后晋天福元年，为契丹所获，出仕幽州节度使，迁枢密使，兼政事令。十二年，授中京留守、大丞相。天禄二年，卒。

编者按

这是诗人赵延寿创作的一首七言律诗。诗中再现了契丹民族所生活的塞外沙漠草原风光和北方游牧民族独有的游牧狩猎的生活方式，尽显契丹地域风貌，契丹民族的勇武性格与豪爽气质也淋漓展现。前人论诗，认为诗应当具备"三真"：言情宜真，写景宜真，记事宜真，唯真才能传神。这首诗笔墨所至，绘声绘色，无不真切质直，是具备这"三真"的。

五代

酒泉子 [1]

孙光宪

空碛 [2] 无边，万里阳关 [3] 道路。马萧萧，人去去，陇云愁 [4]。

香貂旧制戎衣窄 [5]，胡霜 [6] 千里白。绮罗心 [7]，魂梦隔 [8]，上高楼。

---

[1] 酒泉子，原唐教坊曲，后用作词牌名，又名"杏花风""春雨打窗"等。《填词名解》："汉武帝置酒泉郡，城下有泉，味甘如酒。郭弘好饮，尝曰：'得封酒泉郡，实出望外。'词名取此，曰'酒泉子'。"

[2] 空碛：沙漠。

[3] 阳关：在今甘肃敦煌县西南，玉门关南面，和玉门关同为古代通西域的要道。

[4] 萧萧：马嘶声；去去：一程又一程向远处走去；陇：泛指甘肃一带，是古西北边防要地。这三句用愁云衬托远征之人的悲凉心情。

[5] 香貂：贵重的貂皮；戎衣：军衣。这句指战袍旧了，只有戎衣裹体。

[6] 胡霜：指边塞的霜。胡：泛指西北少数民族。

[7] 绮罗：有文彩的丝织品。这里指远征之人的妻子。

[8] 魂梦隔：连梦魂也被万水千山隔断。

作者简介

　　孙光宪（901—968年），字孟文，自号葆光子，陵州贵平（今属四川省仁寿县）人。仕南平三世，累官荆南节度副使、朝议郎、检校秘书少监，试御史大夫。入宋，为黄州刺史。太祖乾德六年卒。《宋史》卷四八三、《十国春秋》卷一○二有传。孙光宪"性嗜经籍，聚书凡数千卷。或手自钞写，孜孜校雠，老而不废"。著有《北梦琐言》《荆台集》《橘斋集》等，仅《北梦琐言》传世。词存八十四首，风格与"花间"的浮艳、绮靡有所不同。刘毓盘辑入《唐五代宋辽金元名家词集六十种》中，又有王国维缉《孙中丞词》一卷。

编者按

　　这首《酒泉子》抒写了征人怀乡思亲之情。上片写出征途中的愁苦。下片写征人对妻子的怀念。以征戍生活为题材，从一个侧面反映了当时的边塞战争给人民带来离别之苦。这种题材，在《花间集》中是罕见的。从艺术上看，全词境界开阔，于苍凉之中又见缠绵之思。而两地相思之情，同时见于笔端，深得言情之妙。

　　此词深得评家好评。《花间集注》评此词："绮罗"三句，承上香貂戎衣，言畴昔之盛，魂梦空隔也。"汤显祖评本《花间集》卷三盛赞此词："三叠之《出塞曲》，而长短句之《吊古战场文》也。再谈不禁鼻酸。"此评虽不免推崇过高，但从"再读，不禁酸鼻"的话来看，确实指出了这首词的艺术感染力。

130

宋

新秦[1] 遣怀

张 咏

貂褐[2] 久从戎[3]，因令笔砚慵[4]。

梳中见白发，枕上忆孤峰。

风动沙昏昼，寒多雪折松。

此心无与问，长愿酒盈钟。

作者简介

张咏（946—1015 年），字复之，号乖崖，濮州鄄城（今属山东）人。太宗太平兴国五年（980 年）中进士。累擢枢密直学士，真宗时官至礼部尚书，诗文俱佳，是北宋太宗、真宗两朝的名臣，尤以治蜀著称。于大中祥符八年（1015 年）八月卒，年七十，谥"忠定"。有《张乖崖集》。

---

[1] 新秦：在今陕西神木县北。

[2] 貂褐：用貂皮制的短衣。

[3] 从戎：投身军旅

[4] 慵：懒惰，懒散。

编者按

张咏为人，正如其号"乖崖"所示，其自评"乖则违众，崖不利物，乖崖之名，聊以表德。"由此可以想见这是一个与众不同的奇人。他幼年家贫，勤奋攻书，性情耿直，乐为奇节。980年，与名相寇准是同科进士，知崇阳县，为政清廉，治县有力，关注民生，扶植农桑，恩威并用，惩贪官污吏，扬清廉之风，民畏而爱之。历任地方主官，朝中要职，政绩卓著，口碑甚佳。宋祁赞曰："惟公禀尊严之气，凝隐正之量。"亦属实情。

今观其诗曰"此心无与问"，可见其心地高洁坦荡。

游边上

王　操

佩剑游边地，悲风卷败莎。

雕饥窥坏冢，马渴嗅冰河。

塞阔人烟绝，春深霰雪[1]多。

蕃戎[2]如画看，散骑立高坡。

作者简介

　　王操（生卒年不详），字正美，江南处士，北宋初年人。太平兴国时，上《南郊颂》，授太子洗马，仕至殿中丞。今存《讷斋小集》一卷，仅传世十一首诗和三个残句。

---

[1]　霰雪：雪珠和雪花。《楚辞·九章·涉江》："霰雪纷其无垠兮，云霏霏而承宇。"

[2]　蕃戎：我国古代对西北边境各族的统称。

编者按

    诗歌描绘了一幅塞北严冬的景象，"雕饥窥坏冢，马渴嗅冰河"一句生动形象，突出地再现了严寒肃杀的典型塞北场景。

北帐书事

苏 颂

北海[1]蓬蓬气怒号,厉声披拂[2]昼兼宵。

百重沙漠连空暗,四向茅檐卷地飘。

与日过河流水涸,行天畜物密云遥。

轺轩[3]使者偏蒙福,夙驾[4]阴霾斗顿[5]消。

作者简介

　　苏颂（1020—1101年），字子容，福建路泉州府同安县

（今属厦门市）人。北宋杰出的天文学家、天文机械制造家、

---

　　[1]　北海：古代泛指北方最远僻之地。《左传·僖公四年》：
"君处北海，寡人处南海，唯是风马牛不相及也。"

　　[2]　披拂：吹拂，飘动。《庄子·天运》："风起北方，一西一东，
有上彷徨，孰嘘吸是？孰居无事而披拂是？"成玄英疏："披拂，
犹扇动也。"

　　[3]　轺轩：古代使臣乘坐的一种轻车，也代称使臣。

　　[4]　夙驾：早上驾车出行。

　　[5]　斗顿：顿时，突然。

药物学家。其祖先在唐末随王潮入闽，世代为闽南望族，父苏绅曾任集贤殿修撰。庆历二年（1042年），苏颂登进士第。官至刑部尚书、吏部尚书，哲宗时拜相，执政时务使百官守法遵职，量能授任。后罢为集禧观使，绍圣四年（1097年），以太子少师致仕。徽宗立，进太子太保，封赵郡公。建中靖国元年（1101年）卒，年八十二，追赠司空，后追封魏国公。宋理宗时追谥"正简"。

编者按

苏颂一生两次使辽，第一次为宋神宗熙宁元年（1068年），主要是与张宗益使辽贺生辰；第二次为熙宁十年（1077年），是年八月，自国史院被命，假龙图阁直学士、给事中，充大辽生辰国信使。因此留下不少记录途中见闻的诗歌。

此诗题下有自注云："到会同馆，晚夕大风，沙尘蔽日，倍觉寒苦。赴行帐之辰，厉风顿止，晴和可爱。"全诗用"怒号""厉声""连空暗""卷地飘"等语词，将会同馆因"晚夕大风"所导致的"沙尘蔽日"之恶劣天气，进行了极形象之描述。而诗的结尾，又以"轺轩使者偏蒙福，凤驾阴霾斗顿消"两句，对"晴和可爱"进行了铺陈，而其重点所突出的，则是"轺轩使者偏蒙福"。在作者看来，会同馆之所以能"厉风顿止，晴和可爱"者，主要是因为他这位"轺轩使者"之"福"所致。由此不难看出，作者尽管经历了"沙尘蔽日"的"寒苦"，但其于"北帐书事"时，心情却是甚为欣慰的。

奉使契丹二十八首（节选）

苏 辙

奚[1]田可耕凿，辽土直沙漠。

蓬棘不复生，条干[2]何由作[3]。

兹山亦沙阜，短短见丛薄。

冰霜叶堕尽，鸟兽绝无托[4]。

作者简介

苏辙（1039—1112年），字子由，眉州眉山（今四川眉山）人。嘉祐二年（1057年）与其兄苏轼同登进士科。神宗朝，为制置三司条例司属官。因不认同王安石变法，出为河南推官。哲宗时，召为秘书省校书郎。元祐元年为右司谏，历官

[1] 奚：疑问代词，什么，哪里。

[2] 条干：枝干。晋陶渊明《联句》诗："高柯擢条干，远眺同天色。"

[3] 作：生出，长出来。《诗·小雅·采薇》："采薇采薇，薇亦作止。"

[4] 无托：没有依托，无依无靠。

御史中丞、尚书右丞、门下侍郎。因事忤哲宗及元丰诸臣，出知汝州，再谪雷州安置，移循州。徽宗立，徙永州、岳州，复太中大夫，又降居许州，致仕。自号颍滨遗老。卒，谥文定。

编者按

元祐四年（1089 年）八月，朝廷以"刑部侍郎赵君锡、翰林学士苏辙为贺辽国生辰使，阁门通事舍人高遵固、朱伯材副之"。出使途中，苏辙作《奉使契丹二十八首》，叙述出使感受、沿途见闻、契丹风俗、民族情感等等方面内容，在宋辽民族交往史上，值得书写一笔。

苏辙共作《奉使契丹》二十八首，此为其十四《木叶山》。此处为节选，《奉使契丹二十八首·其十四木叶山》全诗为："奚田可耕凿，辽土直沙漠。蓬棘不复生，条干何由作。兹山亦沙阜，短短见丛薄。冰霜叶堕尽，鸟兽绝无托。乾坤信广大，一气均美恶。胡为独穷陋，意似鄙夷落。民生亦复尔，垢污不知怍。君看齐鲁间，桑柘皆沃若。麦秋载万箱，蚕老簇千箔。馀粱及狗彘，衣被遍城郭。天工本何心，地力不能博。遂令尧舜仁，独不施礼乐。"

早 发

宗 泽

伞幄[1]垂垂[2]马踏沙，水长山远路多花。
眼中形势胸中策[3]，缓步徐行静不哗[4]。

作者简介

宗泽（1060—1128年），字汝霖，浙东乌伤（今浙江义乌）人，宋朝名将。刚直豪爽，沉毅知兵。进士出身，历任县、州文官，颇有政绩。宗泽在任东京留守期间，曾二十多次上书高宗赵构，力主还都东京，并制定了收复中原的方略，均未被采纳。他因壮志难酬，忧愤成疾，临终三呼"过河"而卒。死后追赠观文殿学士、通议大夫，谥号"忠简"。有《宗

---

[1] 伞幄：古代高级官员出行时的仪仗，从晋代起，官员出门，仪仗队里都有伞。幄，伞边布幔。

[2] 垂垂：飘挂状。

[3] 策：战术、方略。

[4] 哗：嘈杂的声音。

忠简公集》传世。

编者按

　　宗泽为宋哲宗元祐年间进士，靖康元年（1126年）知磁州兼义军都总管，大败金兵。他是与岳飞齐名的抗金名将，陆游有两句著名的诗"公卿有党排宗泽，帷幄无人用岳飞"（《剑南诗稿》卷二五《夜读范至能〈揽辔录〉言中原父老见使者多挥涕感其事作绝句》），就是把两人相提并论的。宋高宗赵构即位后，宗泽任东京（今河南开封）留守，曾多次上书高宗，力主还都，北伐抗金，收复失地，但都被投降派所阻，因而忧愤成疾，临终前还连呼三声"过河"，作下此诗。

　　宗泽的诗虽所存不过二十来首，但一部分诗从一个抗金将领的角度反映了宋朝的抗金战争，很有特色。《早发》便是其中较为有名的一首。《早发》写宗泽率领自己的军队于清晨出发，去进行一次军事活动。全诗的气氛可以用诗中的一个"静"字来概括。这"静"既是早晨的大自然所特有的宁静，又是纪律严明的宗泽部队行军时的肃静，更是一场激战即将来临之前的寂静。这三种"静"交织在一起，构成了一幅逼真的行军图。这首诗的最大特色，就在于它平平实实，不作豪迈语，却写出了一个大将的风度，一直脍炙人口。

西 征

张舜民

青铜峡[1]里韦州路[2]，十去从军九不回。
白骨似沙沙似雪，将军休上望乡台[3]。

作者简介

　　张舜民，生卒年不详，字芸叟，自号浮休居士，又号碇斋，邠州（今陕西彬县）人。宋英宗治平二年（1065 年）进士，为襄乐令。元丰中，环庆帅高遵裕辟掌机密文字。宋哲宗元祐元年（1086 年）授秘阁校理，次年任监察御史。宋徽宗时擢吏部侍郎，以龙图阁待制知定州，后又改知同州。曾因元祐党争事，牵连治罪，被贬为楚州团练副使，商州安置。后又出任过集贤

---

　　[1]　青铜峡：古称上河峡，在今宁夏青铜峡市青铜峡镇。两山相夹，黄河流经其间。

　　[2]　韦州路：过青铜峡由中宁鸣沙通向韦州的山间小道。

　　[3]　望乡台：古人久戍不归或流落外地，往往登高或筑台以眺望故乡之处。又有一说，旧时迷信，谓阴间有望乡台，人死后鬼魂可登台眺望阳世家中情况。亦借指阴间。

殿修撰。诗人刚直敢言，能文词，嗜画，尤工诗。诗学白居易，多讥刺时事之作，语言通俗。

编者按

此诗选自《嘉靖宁夏新志》(《宣德宁夏志》《弘治宁夏新志》《万历朔方新志》《乾隆宁夏府志》《乾隆银川小志》均收录此诗)。原为《西征回途中二绝》，第一首宁夏地方志题作《西征》，第二首宁夏地方志题作《峡口山》。前一首为："灵州城下千株柳，总被官军斫作薪。他日玉关归去路，将何攀折赠行人。"

宋神宗元丰四年（1081 年），宋王朝五路大军征西夏，计划先攻取灵州（宋时属西夏，在今宁夏灵武市西南），然后直捣其都城兴庆府（今宁夏回族自治区首府银川市）。其中南线以行营经略使高遵裕出环庆路，泾原路副总管刘昌祚出泾原路，受高遵裕节制。刘昌祚率泾原路五万人马围困了灵州。由于宋军将领（高遵裕）判断错误，指挥失当，步调不协，贻误战机，以及纪律涣散，转运不济，加以夏军决黄河水灌宋营，断绝粮道，致使宋军围困灵州城十八天仍不能破城，且冻溺死者无数。这时已进入十一月，宋军饥寒交迫，渐渐支持不下去了。宋神宗只得诏令"班师"。灵州城下十多万宋军，逃生者仅有一万多人。当年随从高遵裕出征的张舜民，亲眼目睹了宋军的惨败，他以悲愤的心情写下了《西征回途中二绝》。因诗中有"灵州城下千株柳，总被官军斫作薪"及"白骨似沙沙似雪，将军休上望乡台"等嘲讽句，被转运判官李察劾奏，贬为郴州酒祝。

塞下曲六首·其二

严 羽

渺渺云沙散橐驼[1]，风吹黄叶渡黄河。
羌人半醉蒲萄熟，塞马初肥苜蓿多。

作者简介

严羽，字仪卿，一字丹丘，自号沧浪逋客，邵武（今属福建军人）。南宋诗人、诗论家。其诗集名《沧浪严先生吟卷》（又名《沧浪吟》《沧浪集》）两卷，共收入古、近体诗一百四十六首。有《邵武徐氏丛书·樵川二家诗》本。《沧浪诗话》则附于诗集之后。

编者按

开发河湟，在古代主要是发展农牧业。这里在春秋之前就

[1] 橐驼（tuó tuó）：骆驼。《山海经·北山经》："其兽多橐驼，其鸟多寓。"

145

生活着以羌族为主的少数民族兄弟。汉武帝征大宛，在青海求龙马；隋炀帝置马牧于青海渚中，都说明这里盛产马匹，牧畜繁盛。北宋杨亿诗句"力通青海求龙种"，指的就是汉武事。南宋严羽《塞下曲》云："渺渺云沙散橐驼，风吹黄叶渡黄河，羌人半醉蒲萄熟，塞马初肥苜蓿多。"和平安定的生活，生动的风土人情，像一幅立体感很强的风情画。像这样反映西北少数民族美好生活习俗的诗不多见。

军中杂歌（其二）

陆　游

秦人万里筑长城，不如壮士守北平。

晓来碛[1]中雪一丈，洗尽膻腥[2]春草生。

作者简介

　　陆游（1125 — 1210 年），字务观，号放翁，越州山阴（今浙江绍兴）人，南宋诗人、词人。陆游是现留诗作最多的诗人，其一生笔耕不辍，今存九千多首，内容极为丰富。与王安石、苏轼、黄庭坚并称"宋代四大诗人"，又与杨万里、范成大、尤袤合称"南宋四大家"。

---

　　[1]　碛：沙漠。

　　[2]　膻腥：旧时对北方少数民族的风习或其所建立的政权等的蔑称。明梁伯龙《拟出塞》曲："音书难倩。况万里膻腥，更谁访红颜薄命？"

编者按

  陆游作《军中杂歌》共八首，此为其二。

明妃^[1]曲（节选）

陆 游

沙碛茫茫天四围，一片云生雪即飞。
太古以来无寸草，借问春从何处归？

作者简介

见前。

编者按

此处为节选，全诗为："汉家和亲成故事，万里风尘妾何罪？
掖庭终有一人行，敢道君王弃蕉萃？双驼驾车夷乐非，公卿谁
悟和戎非！蒲桃宫中颜色惨，鸡鹿塞外行人稀。沙碛茫茫天四围，
一片云生雪即飞。太古以来无寸草，借问春从何处归？"

---

[1] 明妃：见前杜甫《咏怀古迹·其三》。

断 雁

文天祥

断雁西江[1]远，无家寄万金。

乾坤风月老，沙漠岁年深。

白日去如梦，青天知此心。

素琴[2]弦已绝，不绝是南音[3]。

作者简介

文天祥（1236—1282年），字宋瑞，一字履善，号文山，吉州庐陵（今江西吉安）人。理宗宝祐四年（1256年）举进士第一。恭帝德祐元年（1275年），元兵长驱东下，文于家乡起兵抗元。次年，临安被围，除右丞相兼枢密使，奉命往敌营

---

[1] 西江：珠江的最大支流，发源于云南，到广西梧州后称西江。

[2] 素琴：不加装饰的琴。

[3] 南音：南方的音乐。《左传·成公九年》："使与之琴，操南音。"

议，因坚决抗争被拘，后得以脱逃，转战于赣、闽、岭等地，兵败被俘，坚贞不屈，就义于大都（今北京）。能诗，前期受江湖派影响，诗风平庸；后期多表现爱国精神之作。存词不多，笔触有力，感情强烈，表现了作者威武不屈的英勇气概，震撼人心。有《文山先生全集》。

编者按

从"沙漠岁年深""素琴弦已绝，不绝是南音"等内容可推测，这应该是文天祥兵败被虏至北方之后所作。

文天祥以其高风亮节素来被称赞，《宋史》曰："自古志士，欲信大义于天下者，不以成败利钝动其心，君子命之曰'仁'，以其合天理之正，即人心之安尔。……宋至德祐亡矣，文天祥往来兵间，初欲以口舌存之，事既无成，奉两孱王崎岖岭海，以图兴复兵败身执。……观其从容伏质，就死如归，是其所欲有甚于生者，可不谓之'仁'哉？宋三百馀年，取士之科，莫盛于进士，进士莫盛于伦魁。自天祥死，世之好为高论者，谓科目不足以得伟人，岂其然乎！"

过鱼儿泺有诗

丘处机

北陆祁寒自古称，沙陀[1]三月尚凝冰。

更寻若士[2]为黄鹄[3]，要识修鲲化大鹏[4]。

苏武北迁愁欲死，李陵南望去无凭[5]。

---

[1] 沙陀（陁）：大沙漠，分布在金娑山（今新疆博格多山，一说为尼赤金山）南，蒲类海（今新疆东北部巴里坤湖）东。

[2] 若士，典出《淮南子·道应训》："卢敖游乎北海，经乎太阴，入乎玄阙，至于蒙谷之上，见一士焉……卢敖与之语曰：'……子殆可与敖为友乎？'若士者龋然而笑曰：'……然子处矣，吾与汗漫期于九垓之外，吾不可以久驻。'若士举臂而竦身，遂入云中。"后因以"若士"代仙人。

[3] 黄鹄：《淮南子·道应州》中卢敖与若士谈论后，感慨道："吾比夫子，犹黄鹄与壤虫。"黄鹄，比喻高蹈远引之士。

[4] 鲲：古代传说中的大鱼。鹏：古代传说中的大鸟。典出《庄子·逍遥游》："北冥有鱼，其名曰鲲。鲲之大，不知其几千里也；化而为鸟，其名为鹏。"

[5] 苏武、李陵：见前。此处化用二人之典故，以形容北国气候之恶劣。

我今诣学卢敖[1]志，六合[2]穷观[3]最上乘。

作者简介

丘处机(1148—1227年)，字通密，道号长春子，登州栖霞(今属山东省)人，道教主流全真道掌教、真人、思想家、政治家、文学家、养生学家和医药学家。丘处机为南宋、金朝、蒙古帝国统治者以及广大人民群众所共同敬重，并因以七十四岁高龄远赴西域劝说成吉思汗止杀爱民而闻名世界。在道教历史和信仰中，丘处机被奉为全真道"七真"之一，以及龙门派的祖师。正大四年(1227年)，丘处机在长春宫宝玄堂逝世，享龄八十岁，瑞香氤氲整个北京城三日，世人称奇。元世祖时，追尊其为"长春演道主教真人"。

编者按

据其弟子李志常述《长春真人西游记》所载，"三月朔，出沙陀，至鱼儿泺。始有人烟，聚落多以耕钓为业。时已清明，春色渺然。凝冰未泮。有诗云：北陆初寒自古称，沙陀三月尚凝冰。

[1] 卢敖：即《淮南子·道应训》所记之仙人卢敖。

[2] 六合：上下和东西南北四方，即天地四方，泛指天下或宇宙。《史记·秦始皇本纪》："六合之内，皇帝之土。"

[3] 穷观：大观，遍游。《淮南子·道应训》记卢敖与若士语："唯敖为背群离党，穷观于六合之外者。"

更寻若士为黄鹄，要识修鲲化大鹏。苏武北迁愁欲死，李陵南望去无凭。我今返学卢敖志，六合穷观最上乘。"

过沙陀^[1]途中作

丘处机

高如云气白如沙，远望那知是眼花。

渐见山头堆玉屑，远观日脚^[2]射银霞。

横空一字长千里，照地连城及万家。

从古至今常不坏，吟诗写向直南^[3]夸。

作者简介

　　见前。

编者按

　　据其弟子李志常述《长春真人西游记》所载，"初，在沙陀北，南望天际，若银霞。问之左右，皆未详。师曰：'多是阴山。'

---

[1]　沙陀：见前。

[2]　日脚：太阳穿过云隙射下来的光线。

[3]　直南：正南。

155

翌日，过沙陀，遇樵者，再问之，皆曰：'然。'于是，途中作诗云：高如云气白如沙，远望那知是眼花。渐见山头堆玉屑，远观日脚射银霞。横空一字长千里，照地连城及万家。从古至今常不坏，吟诗写向直南夸。"

玉楼春 [1]

元好问

惊沙猎猎风成阵，白雁一声霜有信。琵琶肠断塞门秋，却望紫台[2]知远近。

深宫桃李无人问，旧爱玉颜今自恨。明妃留在两眉愁，万古春山颦不尽。

作者简介

元好问（1190—1257年），字裕之，号遗山，太原秀容（今山西忻州）人，金末元初著名文学家和历史学家、文坛盟主，是宋金对峙时期北方文学的主要代表，又是金元之际在文学上承前启后的桥梁，被尊为"北方文雄""一代文宗"，其诗、文、词、曲，各体皆工。其《论诗》绝句三十首在中国文学批评史上颇有地位，作有《遗山集》/9 又名《遗山先生文集》），编有《中

---

[1] 玉楼春，词牌名，又名"归朝欢令""呈纤手""春晓曲""惜春容"等。

[2] 见杜甫《咏怀古迹·其三》。

州集》。

编者按

　　借咏史以抒怀，本是诗人家数；昭君出塞，又是传统的诗歌体裁。但元好问推陈出新，突破了体裁和题材本身的局限，拓宽和加深了同类作品的内涵。词作的艺术成就，是得力于作者对历史的宏观把握和深刻透视。从表现来看，作者深广的忧愤和沉重的悲凉，并不靠夸张的叫嚣和慨叹，而是借玉颜桃李、青山眉黛这些词的传统意象表现出来的。浏亮宛转的音节，却能造成沉郁顿挫的氛围；绮丽温润的字面，却能传达出震撼人心的力量，可谓寓刚健于婀娜，变温婉成悲凉。

元

阴　山^[1]

耶律楚材

八月阴山雪满沙，清光凝目眩生花。

插天绝壁喷晴月，擎海层峦吸翠霞。

松桧丛中疏畎亩，藤萝深处有人家。

横空千里雄西域，江左^[2]名山不足夸。

作者简介

耶律楚材（1190—1244 年），字晋卿，号玉泉老人，法号湛然居士，蒙古名吾图撒合里，契丹族，蒙古帝国时期杰出的政治家。金国尚书右丞耶律履之子。1215 年，成吉思汗的蒙古大军攻占燕京时，听说他才华横溢、满腹经纶，遂向他询问治国大计。而耶律楚材也因对金朝失去信心，决心转投成吉思汗帐下。他的到来，对成吉思汗及其子孙产生了深远影响，

---

[1]　阴山：（今新疆天山）。

[2]　江左：江东，指长江下游以东地区。

他采取的各种措施为元朝的建立奠定基础。乃马真后称制时，渐失信任，抑郁而死。卒谥文正。有《湛然居士集》等。

编者按

　　作者使用了夸张、对比、化静为动、烘托等艺术手法来描绘阴山。"插天""擎海""横空"等词语都是适度的夸张，很好地展现了阴山的磅礴气势；尾联又把它和江南群山相比，突出了它的不平常；颔联中两个动词，化静为动，写出了阴山的俏丽；颈联则用"松桧""畎亩""藤萝""人家"烘托出阴山的勃勃生机。

云内道中

刘秉忠

远水平芜开野花，塞云漠漠际寒沙。

闲禽向晚[1]无投树，倦客逢秋更念家。

万里经年走风雨，一身无计卧烟霞。

来朝又上居延道[2]，怀古思君改鬓华。

作者简介

刘秉忠（1216—1274 年），字仲晦，号藏春散人，邢州（今河北邢台市）人，元朝杰出政治家、文学家。刘秉忠是元初政坛一位很具特色的政治人物，对元代政治体制、典章制度的奠定发挥了重大作用。同时，又是一位诗文词曲兼善的文学家。

----

[1]　向晚：天色将晚，傍晚。李商隐《乐游原》："向晚意不适，驱车登古原。夕阳无限好，只是近黄昏。"

[2]　居延：见前。

编者按

　　写这首诗时，刘秉忠已是第二次走上仕途。云游塞北大漠后，他写的旅游诗词传到元都，受到爱才求贤的元世祖忽必烈召见，四十八岁的刘秉忠官封光禄大夫，位太保，参预中书省事。这首诗写诗人在晚暮时辰行走在云内道中的所见所思：远水岸边的野花、向晚归巢的闲禽、逢秋念家的倦客……诗人触景生情，怀古思君，把读者也一同带到秋风暮寒的归途路上。刘秉忠的旅游诗词语言通俗，达意深切，读来朗朗上口，易诵易记易传，所以得以流传至今。

纪 事

萨都剌

当年铁马游沙漠，万里归来会二龙^[1]。
周氏君臣空守信，汉家兄弟不相容。
只知奉玺传三让，岂料游魂隔九重。
天上武皇亦洒泪，世间骨肉可相逢。

作者简介

　　萨都剌（约1272—1355年），元代诗人、画家、书法家。字天锡，号直斋，回族(一说蒙古族)。祖先是西域人，出生于雁门(今山西代县)，泰定四年中进士。萨都剌精绘画，善书法，人称雁门才子。他的文学创作，以诗歌为主，诗词内容以游山玩水、归隐赋闲、慕仙礼佛、酬酢应答之类为多，思想价值不高。萨都剌还留有《严陵钓台图》和《梅雀》等画，现珍藏于北京故宫博物院。

---

[1] 指元武宗的两个儿子元文宗和元明宗。

编者按

　　明朝瞿佑《归田诗话》载："萨天锡以宫词得名，其诗清新绮丽，自成一家，大率相类。唯《纪事》一首，直言时事不讳。诗云：'当年铁马游沙漠，万里归来会二龙。周氏君臣空守信，汉家兄弟不相容。只知奉玺传三让，岂料游魂隔九重？天上武皇亦洒泪，世间骨肉可相逢？'盖泰定帝崩于上都，文宗自江陵入据大都，而兄周王远在沙漠，乃权摄位，而遣使迎之。下诏四方云：'谨俟大兄之至，以遂固让之心。'及周王至，迎见于上都，欢宴一夕，暴卒。复下诏曰：'夫何相见之顷？宫车弗驾，加谥明宗。'文宗遂即真，皆武宗子也。故天锡末句云然。"上文说公元 1328 年元朝帝王争位故事，萨都刺敢于直言作诗《纪事》。

上京即事五道 [1]

萨都剌

其二

祭天马酒洒平野，沙际风来草亦香。

白马如云向西北，紫驼 [2] 银瓮赐诸王。

其三

牛羊散漫落日下，野草生香乳酪 [3] 甜。

卷地朔风 [4] 沙似雪，家家行帐 [5] 下毡帘 [6]。

---

[1]　上京即事，描写在上京见到的事物。元代上京正式称为上都，是皇帝夏季祭天的地方，在今内蒙古自治区多伦附近。

[2]　紫驼：赤栗色骆驼。唐杜甫《丽人行》："紫驼之峰出翠釜，水精之盘行素鳞。"

[3]　乳酪：俗称奶豆腐，用牛羊奶制成的半凝固的食品。

[4]　朔风：北风。朔，一作"旋"。

[5]　行帐：蒙古包，北方牧民居住的活动帐篷。

[6]　毡帘：行帐上的毡制门帘。下毡帘：夏季白天，将毡帘向上卷起，可以通风采光，到晚上或刮风下雨的时候再放下来。

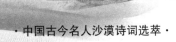

其三

大野[1]连山沙作堆，白沙平处见楼台。

行人禁地避芳草，尽向曲阑斜路来。

作者简介

见前。

编者按

《上京即事》共有五首，此处所选为其二、其三，大约作于作者六十二岁时（1333 年）。诗歌描写塞外牧区风光和牧民生活，独特的自然风光和边疆风情完美融合，别具艺术魅力。

---

[1] 大野：广大的原野、田野。

开平新宫五十韵（节选）

郝　经

欲成仁义俗，先定帝王都。

畿甸^[1]临中国，河山拥奥区^[2]。

燕云^[3]雄地势，辽碣^[4]壮天衢。

峻岭蟠沙碛^[5]，重门限扼狐。

作者简介

　　郝经（1223—1275年），字伯常，泽州陵川（今山西陵川）人。元初儒学大家，1256年受诏于忽必烈，1260年，赴南宋议和，被权臣贾似道秘密囚禁十六年，即著名的郝经南囚，被称

---

　　[1]　指京城地区。畿，国都附近的地方。

　　[2]　奥区：腹地。《后汉书·班固传上》："防御之阻，则天下之奥区焉。"李善注："奥，深也。"

　　[3]　燕云：五代时期地名，燕指幽州，云指云州。

　　[4]　辽碣：辽东和碣石都临近渤海，故并称。

　　[5]　蟠：屈曲，环绕。沙碛：沙漠。

为南国苏武。1274年宋崩溃之际，郝经获救，归来后的第二年7月去世。作为政治家，郝经反对"华夷之辨"，推崇四海一家，主张天下一统；作为思想家，郝经希望在蒙古人汉化过程中，以儒家思想来影响他们，使国家逐步走向大治；作为学者文人，通字画，著述颇丰，有《陵川集》。

编者按

全诗为："日月旋天盖，星辰合斗枢。光腾掌内铁，气绕泽中蒲。金帛羞重赐，弓刀奋一呼。真人翔灞上，天马出余吾。尺箠初开辟，群雄竞走趋。无劳为更举，乘胜即长驱。蹴踏千年雪，骁腾万里驹。长城冲忽断，弱水饮先枯。肃杀威灵盛，驱除运会俱。华夷尘涴洞，天地血模糊。地尽诸蕃外，兵穷两海隅。九州皆瓦砾，万国一榛芜。谁与重休息？徒为妄骇吁。治平须化日，杀伐岂良图。圣子曾当璧，神孙会握符。铁山深蕴玉，瀚海特生珠。历数终当在，讴歌信不诬。欲成仁义俗，先定帝王都。畿甸临中国，河山拥奥区。燕云雄地势，辽碣壮天衢。峻岭蟠沙碛，重门限扼狐。侵淫冠带近，参错土风殊。翠拥和龙柳，黄飞盛乐榆。岐山鸣鸑鷟，冀野牧駉駼。风入松杉劲，霜涵水草腴。穹庐罢迁徙，区脱省勤劬。阶土遵尧典，卑宫协禹谟。既能避风雨，何用饰金朱。栋宇雄新造，城隍屹力扶。建瓴增壮观，定鼎见规模。五让登皇极，群生赐大酺。还闻却走马，即见弛威弧。简策询前代，弓旌聘老儒。恢弘回一气，徼幸绝多途。雷雨施庞泽，乾坤洗旧污。直为提赤子，遂使出洪炉。远檄收疲薾，穷边罢转输。江壖遗鄂岳，石窟弃巴渝。刀槊存残骨，膏粱换毒痛。却令逢有道，免使叫无辜。契阔还同室，鳏茕得字孤。八荒皆寿域，六合极欢娱。白叟休垂泣，苍生获再苏。只知期用夏，更拟论平吴。旭日冰天透，仁君雪国无。终能到周汉，亦足致唐虞。遇主得知己，逢时合舍躯。弭兵通信誓，奉诏敢踟蹰。顿觉心田豁，还将肝纸刳。行行重回首，瑞气满阛阓。"

昭君出塞图

王　恽

朔漠^[1]风沙异紫台^[2]，琵琶心事欲谁开？

人生正有新知乐，犹胜昭阳^[3]赤凤来^[4]。

作者简介

　　王恽（1227—1304年），字仲谋，号秋涧，卫州路汲县（今河南卫辉市）人。元代著名学者、诗人兼政治家。一生仕宦，刚正不阿，好学善文，成为元世祖忽必烈、元裕宗真金和元成

---

　　[1]　朔漠：北方的沙漠，指匈奴所居之地。

　　[2]　紫台：犹紫禁，帝王所居。江淹《恨赋》："明妃去时，仰天太息。紫台稍远，关山无极。"

　　[3]　昭阳：汉宫殿名，后泛指后妃所住的宫殿。《三辅黄图·未央宫》："武帝时，后宫八区，有昭阳……等殿。"清叶永年《燕》诗："闲向主家谈故事，昭阳台榭已凝尘。"

　　[4]　赤凤来："旧题汉伶玄《赵飞燕外传》："十月五日，宫中故事，上灵安庙。是日吹埙击鼓歌，连臂踏地，歌《赤凤来》曲。"

宗皇帝铁穆耳三代著名谏臣。大德五年（1304年）六月，在汲县去世，终年七十八岁。

编者按

　　历代文人吟咏昭君之诗词多不可数，所咏之意旨也各不相同，大抵称赞昭君之壮行，以为昭君为国家之安危以及汉匈之和平做出了巨大贡献，其中也不乏对昭君个人命运的怜悯感叹。而此诗却又别出新意，支持昭君远嫁异域以寻求新知，认为这样犹胜于留在汉宫里。

居庸叠翠 [1]（节选）

陈 孚

塞沙茫茫出关道，骆驼夜吼黄云老。

征鸿一声起长空，风吹草低山月小。

作者简介

　　陈孚（1259—1309年），元代诗人，字刚中，号勿庵，浙江临海（今浙江临海市西）人。至元年间，上《大一统赋》，后讲学于河南上蔡书院，为山长，曾任国史院编修、礼部郎中，官至天台路总管府治中。诗文不事雕琢，记行诗多描摹风土人情，七言古体诗最出色，著有《观光集》《交州集》等。

编者按

　　此处为节选，全诗为："断崖万仞如削铁，鸟飞不渡苔石裂。

　　[1] 居庸山，在北京市昌平县，古名军都山，为太行山八陉之一，层峦迭嶂，形势雄伟；又为燕京八景之一，名曰"居庸迭翠"。

嵯岈枯木无碧柯，六月不阴飘急雪。塞沙茫茫出关道，骆驼夜吼黄云老。征鸿一声起长空，风吹草低山月小。”

《居庸叠翠》通过描写塞沙、骆驼、黄云、征鸿、风、草、山月的景象，表达了诗人对大自然的热爱之情。颈联和尾联写了塞沙、骆驼、黄云、征鸿、风、草、山月的景象，描绘了一种苍凉、幽旷、寂静的意境。运用比喻手法把断崖比作削铁，突出了断崖的险峻。此外，还使用夸张手法，如“鸟飞不渡”就用夸张的手法写出了居庸关的高峻。还使用衬托，用“驼声”反衬环境的寂静。

月出古城东

虞　集

月出古城东，海气[1]浮空濛。

车骑[2]各已息，宫阙何穹窿[3]。

牧马草上露，吹笳[4]沙际风。

帐[5]中忽闻雁，传令彀[6]雕弓[7]。

---

[1]　海气：沙漠上的气流。海，指旱海、沙漠。唐王昌龄《从军行》之一："边声摇白草，海气生黄雾。"

[2]　车骑：犹车马。

[3]　穹窿：中间高而四周下垂的样子。

[4]　笳：中国古代北方民族的一种吹奏乐器，似笛。通常称"胡笳"。胡人卷芦叶为笳，吹以作乐，后以竹为管，饰以桦皮，上有三孔，两端加角。

[5]　帐：见前。

[6]　彀（gòu）：张满弓。《说文》："彀，张弩也。"

[7]　雕弓：刻绘花纹的弓，精美的弓。

作者简介

　　虞集（1272—1348年），字伯生，号道园，世称邵庵先生，祖籍成都仁寿（今四川省眉山市仁寿县），南宋左丞相虞允文五世孙元代著名学者、诗人。少受家学，尝从吴澄游。成宗大德初，以荐授大都路儒学教授，历国子助教、博士。仁宗时，迁集贤修撰，除翰林待制。文宗即位，累除奎章阁侍书学士。卒赠江西行中书省参知政事、护军、仁寿郡公，谥号"文靖"。曾领修《经世大典》，著有《道园学古录》《道园遗稿》。虞集素负文名，与揭傒斯、柳贯、黄溍并称"儒林四杰"；诗与揭傒斯、范梈、杨载齐名，人称"元诗大四家"。

编者按

　　此诗描绘了边塞军旅行营的场景：月亮从古城的东边升起，沙漠上的气流朦胧，车马都已安息了，宫阙穹窿凸起，草上落满了露水，风中传来笳鸣，帐中忽然听到外面雁声，急忙传令拉满雕弓。

题胡虔《汲水蕃部图》应制 [1]

揭傒斯

沙碛茫茫塞草平，沙泉下马满囊盛。

曾于王会图中见，真向天山 [2] 雪外行。

圣德只今包宇宙，边庭随处乐农耕。

生绡 [3] 半幅唐人笔，留与君王驻远情。

作者简介

揭傒（xī）斯（1274—1344年），元朝著名文学家、书法家、史学家。字曼硕，号贞文，龙兴路富州（今江西丰城场）人。家贫力学，大德年间出游湘汉。延祐初年由布衣荐授翰林国史院编修官，迁应奉翰林文字，前后三入翰林，官奎章阁授经郎、迁翰林待制，拜集贤学士，翰林侍讲学士，阶

---

[1] 应制：特指应皇帝之命写作诗文。

[2] 天山：亚洲中部的大山脉。横亘中国新疆维吾尔自治区中部，西段伸入中亚。

[3] 生绡：未漂煮过的丝织品。古时多用以作画，因亦以指画卷。

中奉大大，封豫章郡公，修辽、金、宋三史，为总裁官。《辽史》成，得寒疾卒于史馆，谥文安，著有《文安集》。为文简洁严整，为诗清婉丽密。善楷、行、草书，朝廷典册，多出其手。与虞集、杨载、范梈同为"元诗四大家"之一，又与虞集、柳贯、黄溍并称"儒林四杰"。

编者按

揭傒斯善书法，朝廷典册、元勋铭辞，多出其手。此诗作为应制之作，亦有书法留存。

河湟[1] 书事·其一

马祖常

阴山[2]铁骑角弓长，闲日原头射白狼。
青海无波春雁下，草生碛里见牛羊。

作者简介

见前。

编者按

此诗描写了和平时期河湟地区射猎、游牧的生活。

---

[1] 河湟：见前

[2] 阴山：见前。

河湟[1] 书事·其二

马祖常

波斯老贾[2]渡流沙[3]，夜听驼铃认路赊[4]。

采玉河边青石子，收来东国易桑麻[5]。

作者简介

马祖常（1279—1338年），元代色目人，回族著名诗人。

---

[1] 河湟：黄河与湟水的并称，亦指河湟两水之间的地区，即今青海、甘肃境内黄河与湟水河流域的一片地区。《新唐书·吐蕃传下》："湟水出蒙谷，抵龙泉与河合……故世举谓西戎地曰河湟。"

[2] 波斯：在今伊朗。贾：商人。

[3] 流沙：沙漠。

[4] 路赊：路途遥远。赊，遥远。王勃《滕王阁序》："北海虽赊，扶摇可接。"

[5] 东国：中国在波斯的东方，所以称东国。桑麻：桑指丝绸（丝是蚕吃了桑叶吐出来的），麻指布匹（古时没有棉花，用麻纤维织布），都是中国内地的产品。此句是说波斯商人带着玉石来中国交换丝绸。

字伯庸，汝宁府光州（今河南潢川）人。延佑二年，会试第一，廷试第二，授应奉翰林文字，拜监察御史。元仁宗时，铁木迭儿为丞相，专权用事，马祖常率同列劾奏其十罪，因而累遭贬黜。自元英宗硕德八剌朝至元顺帝朝，历任翰林直学士、礼部尚书、参议中书省事、江南行台中丞、御史中丞、枢密副使等职。为文法先秦两汉，宏赡而精核，富丽而新奇，内容多制诏、碑志等类作品。诗作圆密清丽，除应酬之作外，亦有反映民间疾苦的作品。著有《石田山房集》《千秋纪略》《英宗实录》《承华事略》。至元四年三月，马祖常去世，赠摅忠宣宪协正功臣、河南行省右丞、上护军、魏郡公，谥号文贞。

编者按

　　中国是世界上最早养蚕产丝的国家。两千多年以来，源源不断的丝织品，经由甘肃、新疆运往西亚和欧洲，这条东西交通的大道，便是著名的"丝绸之路"。这首元代绝句，写的是当时丝绸之路上商队来往的情景。

　　这首小诗选材新颖，具有地方色彩和异国情调。它写出了波斯老贾风尘跋涉、不辞艰险的进取精神，也为中国和西亚人民历史上的友好往来，摄下了一个真切生动的镜头。

应教[1] 题梅

王 冕

刺刺[2]北风吹倒人，乾坤无处不沙尘。

胡儿冻死长城下，谁信江南别有春？

作者简介

    王冕（1287—1359年），元末明初诗人、画家。字元章，诸暨（今属浙江）人。出身农家，白天放牛，晚上读书，善读古兵法。曾游大都（今北京），泰不花荐以词馆职，不就。归隐九里山，作画易米为生。朱元璋克婺州（路治今浙江金华），授以谘议参军，旋卒。工画墨梅，学扬无咎，花密枝繁，别具风格，曾用胭脂作没骨梅，亦佳妙。又善写竹石。兼能刻印，以花乳石（青田石一类）作印材，相传由其创始。其诗多描写隐逸生活，也能反映人民疾苦，语言质朴，不拘常格。所著有《竹斋集》。

---

    [1] 应教：出于六朝时，因太子、诸王的命令称"教"，故奉命所做的为应教诗。

    [2] 刺刺：即烈烈，风吹的声音。

编者按

　　此诗出自其《竹斋集》。晚年，王冕入朱元璋幕府，奉命而作《应教题梅》："刺刺北风吹倒人，乾坤无处不沙尘。胡儿冻死长城下，谁信江南别有春？"诗借题梅而写时势，境界阔大，寓意深远，人不同于土冕的一般咏梅之作。据说，朱元璋极为"眷赏"此诗。

寄友（节选）

王 冕

别去几时多有梦，归来一笑竟忘机[1]。
怀君欲寄江南信，沙漠风高雁影移。

作者简介

见前。

编者按

此处为节选，全诗为："窗外疏篁脱故枝，屋头松树已
添围。水流荒涧花无影，云落空山雨似飞。别去几时多有梦，
归来一笑竟忘机。怀君欲寄江南信，沙漠风高雁影移。"

---

[1] 忘机：消除机巧之心，常用以指甘于淡泊，与世无争。
典出《庄子·天地》："有机械者必有机事，有机事者必有机心。"

宫 词 [1]

达不花

墨河[2]万里金沙漠，世祖[3]深思创业难。

却望阑干[4]护青草，丹墀[5]留与子孙看。

作者简介

　　不详。

---

　　[1]　宫词：古代的一种诗体，多写宫廷生活琐事。

　　[2]　墨河：即班朱泥河，在今蒙古国境内。

　　[3]　世祖：指元世祖忽必烈。

　　[4]　阑干：栏杆。用竹、木、砖石或金属等构制而成，设于亭台楼阁或路边、水边等处作遮拦用。

　　[5]　丹墀（chí）：古时宫殿前的石阶，因其以红色涂饰，故名丹墀。

编者按

　　《草木子》一书为元末明初的著名学士叶子奇所作，该书涉及的范围颇为广泛，天文律历、时政得失、兵荒灾乱以及动植物的形态，都广博搜罗，仔细探讨，是研究元朝及明初历史的重要资料。《草木子·谈薮》中说："元世祖皇帝思太祖创业艰难，俾取所居之地青草一株，置于大内丹墀之前，谓之'誓俭草'。盖欲使后世子孙知勤俭之节。至正间，大司农达不花公作宫词十数首，其一云：墨河万里金沙漠，世祖深思创业难。却望阑干护青草，丹墀留与子孙看。"元世祖忽必烈念及成吉思汗开创蒙古帝国事业之艰难，让人从成吉思汗兴业的地方摘取一株青草，并将它种在了宫殿台阶的前面，称其为"誓俭草"。种这株草的目的是让元朝皇帝的后世子孙懂得勤政节俭的道理。至正年间，大司农达不花公创作了数十首关于宫廷生活的诗歌，其中一首便是此。

　　又明蒋一葵《尧山堂外纪》（卷七十五）记此诗作者为"白野公"，"白野公"即元代著名少数民族诗人泰不华。达不花、泰不花，成为同一代而音译不同。

明

出　塞

刘　基

居延[1]风高榆叶空，狼烟夜照甘泉宫[2]。

将军授钺[3]虎士怒，蚩尤[4]亘天旗尾红。

麒麟前殿[5]催赐酒，已觉此身非己有。

猛气遥将日逐吞，壮心肯落嫖姚[6]后?

雁门[7]城外沙如雪，玉帐[8]霜浓铁衣折。

长剑须披瀚海云，哀笳莫怨天边月。

---

[1]　居延:见前。

[2]　狼烟:比喻战火或战争。甘泉宫:此处指位于渭河南边的秦代甘泉宫。此句指汉景帝后元三年(前141年)，景帝刘启病重，匈奴再次起兵寇边，汉国北疆烽烟四起。

[3]　授钺:古代大将出征，君主授以斧钺，表示授以兵权。

[4]　蚩尤:借指兵气《汉书·天文志》:"蚩尤之旗，类彗而后曲，象棋，见则王者征伐四方。"

[5]　麒麟殿:汉代宫殿名。

[6]　嫖姚:指汉代霍去病。

[7]　雁门:战国赵地，秦置郡。今山西北部皆其地。

[8]　玉帐:主帅所居的帐幕，取如玉之坚的意思。

北风烈烈刁斗[1]鸣，回看北斗南方明。

惊箭离弦车在坂，不勒燕然[2]终不返。

作者简介

刘基（1311—1375年），字伯温，处州青田县（今浙江温州市青田县）人，故称刘青田，元末明初军事家、政治家、文学家，明朝开国元勋。洪武三年（1370年）封诚意伯，故又称刘诚意。武宗正德九年追赠太师，谥号文成，后人称他刘文成、文成公。

刘基佐朱元璋平天下，论天下安危，义形于色，遇急难，勇气奋发，计划立定，人莫能测。朱元璋多次称刘基为："吾之子房也。"在文学史上，刘基与宋濂、高启并称"明初诗文三大家"。中国民间广泛流传着"三分天下诸葛亮，一统江山刘伯温；前朝军师诸葛亮，后朝军师刘伯温"的说法。他以神机妙算、运筹帷幄著称于世。

编者按

在季世的环境里，上下求索，出路茫茫，难免会使人心境早衰；形之于词章，未免现出苍凉之意。所以宋征予说刘基诗

---

[1] 刁斗：古代行军用具。斗形有柄，铜质；白天用作炊具，晚上击以巡更。

[2] 不勒燕然：燕然，古山名，即今蒙古人民共和国境内的杭爱山。东汉永元元年，车骑将军窦宪领兵出塞，大破北匈奴，登燕然山，刻石勒功，记汉威德。

有时"似刻意中晚，而声调稍雄，五言古亦遒迈。"李雯则说："伯温如空庭老鹤，弄影月明，虽有苍姿，不极风力。"借古人言志之诗的躯壳来表达自己的心境，是一种方便法门。因此，我们看到刘基有时不惜拟体大开。元代虽无开疆拓土的边塞之事，但刘基一靖尘寰的宏愿，与此是可以类比的，故拟之以壮怀气盛的边塞诗，是贴切的。

古　戍 [1]（节选）

刘　基

天迥 [2] 云垂草，江空雪覆沙。
野梅烧不尽，时见两三花。

作者简介

见前。

编者按

此处为节选，全诗为："古戍连山火，新城殷地笳。九洲犹虎豹，四海未桑麻。天迥云垂草，江空雪覆沙。野梅烧不尽，时见两三花。"

《古戍》一诗写诗人看到战争给社会带来的破坏，心中感

---

[1]　古戍：古老的城堡、营垒。

[2]　迥：遥远。

到说不出的悲凉，但作者并没有失去信心。尾联写野地的寒梅并未被山火烧尽，偶尔还可以看到两三朵盛开的梅花，暗含着春天的脚步不可阻挡之意，表现了诗人对未来的希望和欲重整山河的壮志豪情。

贺兰[1]大雪歌（节选）

朱 旃

北风吹沙天际吼，雪花纷纷大如手。

青山顷刻头尽白，平地须臾盈尺厚。

作者简介

朱栴（zhān）（1378—1438 年），号凝真。明太祖朱元璋第十六子，封为庆亲王，封地宁夏。死后谥"靖"，故称"靖王"或"庆靖王"。朱木栴天资聪颖，学问广博，长于诗文、草书。留《（宣德）宁夏志》等著作。

编者按

此处为节选，全诗为："北风吹沙天际吼，雪花纷纷大如手。

---

[1] 贺兰：贺兰山脉位于今宁夏回族自治区与内蒙古自治区交界处，北起巴彦敖包，南至毛土坑敖包及青铜峡。

196

青山顷刻头尽白，平地须臾盈尺厚。胡马迎风向北嘶，越客对
此情凄凄。寒凝毡帐貂裘薄，一色皑皑四望迷。年少从军不为苦，
长戟短刀气如虎。丈夫志在立功名，青海西头擒赞普。君不见，
牧羝持节汉中郎，啮毡和雪为朝粮。节毛落尽志不改，男子当
途须自强。"

塞上即景

于 谦

目极烟沙草带霜，天寒岁暮景苍茫。

炕头炽炭烧黄鼠[1]，马上弯弓射白狼[2]。

上将亲平西突厥[3]，前军近斩左贤王[4]。

边城无事烽尘[5]静，坐听鸣笳送夕阳。

作者简介

于谦（1398—1457年），字廷益，号节庵，明朝名臣、民族英雄，杭州府钱塘县（今浙江省杭州市上城区）人。永乐

---

[1] 炕头句：炕是北方人睡的暖床。黄鼠，产于北方沙漠，穴居，足短善走；这里有双关意，借比瓦剌人。

[2] 白狼：皮毛白色的狼，这里也借比瓦剌人。

[3] 西突厥：隋唐时突厥分东西两部，西突厥在玉门关以西；唐高宗时，苏定方率军进击，俘其可汗；这里借指瓦剌部落。

[4] 左贤王：匈奴在冒顿时最强大，他的贵族有左、右贤王的封号，爵位最高。这里借指瓦剌的主将。

[5] 烽尘：烽火的烟尘；边地有警，举烽火为号。

十九年（1421年），于谦登进士第。天顺元年（1457年），英宗复辟，大将石亨等诬陷于谦谋立襄王之子，致使其含冤遇害。明宪宗时，于谦被复官赐祭。弘治二年（1489年），追谥"肃愍"，明神宗时改谥"忠肃"。有《于忠肃集》传世。《明史》称赞其"忠心义烈，与日月争光"。他与岳飞、张煌言并称"西湖三杰"。

编者按

　　该诗是作者在已经击退了瓦剌的入侵，但一时还不能撤兵回来的时候所写。瓦剌发动南侵是在秋季，写这首诗时已经是冬天了。

　　这首诗是描写大同边地军旅生活的诗，情景交融，描摹真切。特别是"炕头炽炭烧黄鼠"这句，道出了大同地区的风土人情。在战争间歇，夕阳西下，胡笳悠悠，使人油然而生宁静惬意的情感。这首诗表达了作者向往和平的意愿。

秋怀八首·其七

李梦阳

曾为转饷趋榆塞^[1]，尚忆悲秋泪满衣。

沙白冻霜月皎皎，孤城哀笛雁飞飞。

运筹前后无功伐，推毂^[2]分明有是非。

西国壮士输挽^[3]尽，近边烟火至今稀。

作者简介

李梦阳（1473—1530年），字献吉，号空同，祖籍河南
扶沟，出生于庆阳府安化县（今甘肃省庆城县），后又还归故
里，故《登科录》直书李梦阳为河南扶沟人。他善书法，得颜

---

[1] 榆塞：古人植榆树为塞，固而称边塞为"榆塞"。这里
指明代九边重镇之榆林镇。

[2] 推毂：推车前进，古代帝王任命将帅时的隆重礼遇。
《史记·张释之冯唐列传》："臣闻上古王者之遣将也，跪而推
毂，曰阃以内者，寡人制之；阃以外者，将军制之。"后因以称
任命将帅之礼。

[3] 输挽：运送物资。

真卿笔法。精于古文词，明代中期文学家，复古派前七子的领袖人物。提倡"文必秦汉，诗必盛唐"，强调复古。《自书诗》师法颜真卿，结体方整严谨，不拘泥规矩法度，学卷气浓厚。李梦阳所倡导的文坛"复古"运动盛行了一个世纪，后为袁宗道、袁宏道、袁中道三兄弟为代表的"公安派"所替代。

编者按

　　此诗为诗人追忆犒军榆林往事的感怀之作。前四句状榆林边地的苍凉清冷秋景，诗人忆之而下泪。后四句写所感。诗人认为，边关抗战的决策者们前后的筹划均有不妥，导致劳而无功，可见选荐边防将帅要审慎而为，分清对错。由于战火不熄，西部边地的青壮年全都被迫运送军用物资，因而此地人烟从今难免会变得日益稀少。诗篇写出了战争给榆林一带人民带来的灾难，特别指明决定战争胜败的关键在于正确选任将帅，显然极有见地。

塞外扬兵三首（其一）

唐 龙

将军朝出塞，漠外扬雄兵[1]。

远布熊罴阵[2]，长联虎豹营。

剑鸣弥[3]海立，旗耀赉[4]山明。

夜半风声起，胡如梦亦惊。

作者简介

唐龙（1477—1546年），字虞佐，号渔石，兰溪县（今属浙江）人。正德三年（1508年）进士，正德十六年（1521年）七月由御史升陕西提学副使。嘉靖五年（1526年）十一月后，历任山西按察使，太仆寺卿，漕运金都御史，掌院事副都

---

[1] 漠外扬雄兵：也作"漠外振雄兵"。按，作"振"是。

[2] 熊罴：熊和罴，两种猛兽。此处比喻勇猛的武士。

[3] 弥：满，遍。此句意思为宝剑鸣响的声音使大海的海水仿佛都竖立起来，形容气势宏大。

[4] 赉（lài）：赏赐。《说文》："赉，赐也。"此句意思是军旗的光彩映照得大山都明亮了。

御史，吏部右侍郎、左侍郎。嘉靖十年（1531年）九月，升兵部尚书兼都察院右都御史总制陕西三边军务，管理西安等府赈济，兼制河南、湖广、山西三省。唐龙任总督后，至花马池，振扬威武，累成大捷。因守边有功，加太子太保，寻召为刑部尚书。所著有《易经大旨》《群忠录》《江右集》《关中集》《晋阳集》及《淮阳集》，今存《渔石集》四卷。

编者按

《嘉靖宁夏新志》收录唐龙《出塞诗》共十首，此为其一。

边 行

杨 澄

北出长城小径斜，崇墉[1]数仞渺平沙。

潇潇麦陇编氓[2]业，寂寂柴扉戍卒家。

石涧幽泉晨饮鹿，营门[3]残柳夜啼鸦。

夕阳暂向邮亭[4]宿，笳鼓[5]声沉士不哗。

作者简介

　　杨澄，字栎斋，江西宁都（今江西宁都）人，嘉靖三年（1524年）甲申岁贡。

---

[1]　崇墉：高墙，高城。

[2]　编氓：编入户籍的平民。

[3]　营门：军营之门。

[4]　邮亭：驿馆；递送文书者投止之处。

[5]　笳鼓：笳声与鼓声。借指军乐。

编者按

　　偏关县地处黄河中游，历史悠久。偏关秦汉属雁门，隋属马邑，唐置唐隆镇，五代北汉天会元年（957年）始筑严寨。其地东仰西伏，如人首之偏隆，故名偏头寨。宋以寨属火山军，元朝大德三年（1299年）升寨为偏关。从此，偏关、雁门关、宁武关合称外三关。由于偏关独特的地理环境和历史沿革，流传下不少脍炙人口的诗歌，从这些诗歌里，我们可以看到偏关的历史风貌，民俗风情，传统文化，此诗便是描写偏关非常宝贵的文史资料。

云中[1]曲八首（其四）

卢 楠

高阙塞[2]头杀气横，居延川[3]里少人行？
黄沙欲没李陵墓[4]，明月长悬苏武城[5]。

作者简介

卢楠（1507—1560年），字子木、次楩、少楩，大名浚县
（今属河南）人。自称浮丘山人，且恃才傲物，愤世嫉俗，当

---

[1] 云中：古郡名。原为战国赵地，秦时置郡，治所在云中县（今
内蒙古托克托东北）。

[2] 高阙塞：位于内蒙古巴彦淖尔市乌拉特后旗呼和温都尔
镇，是中国历史上著名的军事要塞。据《史记·匈奴列传》记载："赵
武灵王亦变俗胡服，习骑射，北破林胡、楼烦。筑长城，自代并阴山下，
至高阙为塞，而置云中、雁门、代郡。"

[3] 居延川："居延"为"流动的沙漠"之意，在今内蒙古
阿拉善盟额济纳旗。

[4] 清乾隆《介休县志》载："李陵墓在县东四十里下岭后村，
陵卒塞外，单于递送陵尸于长安，至此马不行，遂葬焉"。

[5] 苏武城：不详。苏武，见前注释。

地人称其为卢太学。卢楠自幼才华横溢，诗词曲赋出口成章，后来赢得了"才压江南"的美誉。负才忤县令。令诬以杀人，榜掠论死，系狱数年。在狱益奋读书。谢榛走京师为之鸣冤，适平湖陆光祖代为县令，乃平反其狱，得不死。谢榛客赵康王，楠往访，康王亦召为上客。酒酣耳热，骂座如平时，客皆掩耳走。后遍游吴会，无所遇。归，益落魄，病酒三日而卒。卢楠所作骚赋，最为王世贞称许，著有《蠛蠓集》五卷。《四库总目》载亦作传奇，有《想当然》一本。有《曲录》传于世。

编者按

卢楠共作《云中曲》八首，此为其四。

诗中所提及的高阙塞是中国历史上著名的军事要塞，战略地位十分重要，与历史上的帝王将相多有联系：赵武灵王自代并阴山下至高阙为塞；秦始皇使蒙恬渡河取高阙、陶山、北假中，筑亭障以逐戎人；汉武帝遣将军卫青、李息出云中，至高阙；卫青将十万人，败右贤王于高阙；祭肜与南匈奴左贤王信不相得，出高阙塞九百余里；唐开元中，玄宗命郭知运等讨逐回鹘，退保乌德健山，南去西城一千七百里，西城即汉之高阙塞也。

康熙三十六年（1697年），康熙第三次亲征噶尔丹由宁夏北进，至狼山一带，得噶尔丹自杀消息而返。其随从高士奇写的随行记事《扈从纪程》记述了这次远征。在记到高阙塞之狼山时，这样写到："两狼山，去船站百余里，两山夹峙，中分一路，沙深数尺，流走不定，马蹄过处，沙复掩之，夜静有声，故曰鸣沙，我西师所经之路也。"

著名地理学家郦道元，在其《水经注》中这样描写与评价："山下有长城，长城之际，连山刺天，其山中断，两岸双阙，善能云举，望若阙焉。即状表目，故有高阙之名也。自阙北山荒中，阙口有城，跨山结局，谓之高阙戍。上古迄今，常置重捍，以防塞道。"

烧荒行

方逢时

汉家御虏[1]无奇策，岁岁烧荒出塞北。

大碛[2]平川鸟飞绝，莽莽龙庭暮云黑。

作者简介

　　方逢时（1523—1596年），字行之，号金湖，嘉鱼（今属湖北）人。嘉靖二十年（1541年）进士。历任宜兴知县、户部主事、宁国知府、工部郎中、兵备副使等。隆庆初，擢右佥都御史，巡抚辽东。方逢时才略明练，处置边事皆协机宜。且常亲自巡视塞外，提出修筑自龙门盘道墩以东至靖湖堡一带要塞，设兵戍守。累进兵部尚书兼右副都御史。著有《大隐楼集》。

---

[1]　御虏：抵御北方外族。

[2]　碛：沙漠。

编者按

　　方逢时熟谙华北、东北防务，此诗中表达了他对烧荒政策的不齿。

　　明末学者顾炎武亦在他的著作中表达了此种看法，《日知录·烧荒》引《英宗实录》："御卤莫善于烧荒，盖卤之所恃者马，马之所恃者草。近年烧荒，远者不过百里，近者五六十里，卤马来侵，半日可至。乞敕边将，遇秋深率兵约日同出数百里外纵火焚烧，使卤马无水草可恃。如此则在我虽有一时之劳，而一冬坐卧可安矣。"

塞上曲

崔 镛

鼓角声喧塞日孤，黄沙白草[1]走单于，

大荒自古五分地[2]，指点而今入版图。

作者简介

　　崔镛（1530—？），字汝洪，崔经次子。陕西佳县（今属陕西）。少年不好学，十二岁入学，明嘉靖三十一年（1552年）中举人，四十一年（1562年）中进士，授潞安府推官，又迁户部主事。四十三年（1564年）升山西按察司金事，分巡阳和，进左参议，再进按察司副使。万历中又任岢岚道，进都察院右金都御使，巡抚山西、提督雁门诸关。后因与御使不合告归故里侍奉父母，乡里皆效之。因丧父过哀得病而卒。

---

　　[1]　白草：牧草，干熟时呈白色，故名。

　　[2]　"大荒句"《山海经》中把"大荒"分为《大荒东经》《大荒南经》《大荒西经》《大荒北经》《海内经》五个部分。

编者按

　　"大荒自古五分地，指点而今入版图"，此句气势雄浑、纵横捭阖，显示了诗人博大的胸怀，不同于其他边塞诗。

边 词

谈 迁

白龙堆[1]上草先秋，玄菟[2]城内雨乱流。
少妇不知边塞苦，时时飞梦到凉州[3]。

作者简介

谈迁（1594—1658年），明末清初史学家。原名以训，字仲木，号射父。明亡后改名迁，字孺木，号观若，自称"江左遗民"。浙江海宁（今浙江海宁西南）人。终生不仕，以佣书、做幕僚为生。

谈迁博览群书，善诸子百家，精研历史，尤重明朝典故。

---

[1] 白龙堆：沙漠名，在新疆天山南路，简称龙堆。《汉书·匈奴传下》："岂为康居、乌孙能踰白龙堆而寇西边哉，乃以制匈奴也。"

[2] 玄菟：不详西汉时东北四郡之一，在今朝鲜北部、吉林南部。

[3] 凉州：简称雍凉、凉、雍，古称雍州、盖臧、姑臧、休屠，今武威市。

他立志编撰一部翔实可信的明史，从明天启元年（1621年）开始，历时二十余年，前后"六易其稿，汇至百卷"，完成一部编年体明史，共五百万字，取名《国榷》。清顺治四年（1647年），《国榷》手稿被窃。他时已五十三岁，发愤重写，经四年努力，矢志不渝，终于完成新稿。顺治十年，携稿随人北上，在北京两年半，走访明代故臣搜集明代遗闻，并实地考察历史遗迹，加以补允、修订。书成后，署名"江左遗民"，以寄托亡国之痛。十四年，去山西平阳祭奠先师张慎言，病逝于旅舍。《国榷》以《明实录》为本，参阅诸家史书，考证订补，取材广博，选择严谨，为研究明史的重要著作。著作另有《枣林杂俎》《北游录》《枣林集》等。

编者按

　　"少妇不知边塞苦，时时飞梦到凉州"，此句一改常调，似有讥笑少妇身在福中不知边塞之苦的意思，其实更是衬托了边塞之苦，以及妇人们对出征塞外之人的担忧。

游红石峡^[1]

舒昆山

峡从盘古分红石，人间唐虞^[2]乐太平。

几洞凿开天地窍，一溪流出古今声。

九重中贵^[3]同来往，十乘^[4]元戎^[5]共启行。

千仞岗头停马望，万山苍翠绕榆城^[6]。

作者简介

舒昆山（生卒年不详），明代湖广麻城（今湖北麻城）人，字楚瞻，号青山。成化二十年中进士，历建昌知府，正德

---

[1] 红石峡：位于榆林市城北，东西对峙，峭拔雄伟。峡内榆溪河水穿峡而过，直达城西。

[2] 唐虞：唐尧与虞舜的并称。亦指尧与舜的时代，古人以为太平盛世。《论语·泰伯》："唐虞之际，于斯为盛。"

[3] 九重：指朝廷。中贵：指权臣。

[4] 十乘：喻兵车之多，乘指兵车，四马一车为一乘。

[5] 元戎：指主将，统帅。

[6] 榆城：指榆林城，位于陕西省北部，明长城九镇之一。

中官至右副都御史巡抚延绥。能文章，一时碑碣多出其手。

编者按

　　位于榆林城北的红石峡，以其壮美的自然风光与宏丽的摩崖石刻，为骚人墨客多所赋咏。不过在明代之前，红石峡从未见诸诗篇；进入明代，随着延绥镇移治榆林城，与榆林近在咫尺的红石峡因此引起达官文士的注目，从而开始进入他们的诗章。最先吟咏红石峡的诗人名叫舒昆山，他是明成化二年（1484年）进士，正德七年（1512年）曾任延绥镇巡抚。他的七律《游红石峡》是历史上最早描写红石峡的诗篇。舒昆山任延绥镇巡抚时，延绥镇移治榆林已近四十年，榆林成为抵御北方鞑靼军南侵的边防要地。诗篇描写朝廷重臣来往于红石峡，统兵将帅从此地出发进击敌人，正是当时榆林的真实写照。

山海关[1]

黄洪宪

长城古堞[2]俯沧瀛[3]，百二河山拥上京[4]。

---

[1]　山海关：古称渝关，或作榆关，又名临渝关、临间关。为河北省旧临榆县之东门，长城的起点。今属秦皇岛市。明初置关戍守，因其背山面海，故取名山海关。北依角山，东临渤海，连接华北与东北平原。形势险要，自古为交通要隘，有"天下第一关"之称。

[2]　堞（dié）：城墙上形的矮墙。《说文》："堞，城上女垣也。"按，古城用土，加以砖墙，为之射墙也，亦谓之陴，或谓之陴倪。

[3]　沧瀛：沧海，大海。

[4]　上京：古代对国都的通称。

银海仙槎来汉使[1]，玉关[2]秋草戍秦兵。

星临尾部双龙合，月照平沙万马明。

闻道辽阳飞羽[3]急，书生急欲请长缨[4]。

作者简介

黄洪宪，字懋中，号葵阳，浙江秀水（今浙江嘉兴）人。隆庆元年浙江乡试第一，隆庆五年（1571年）辛未科二甲第十三名进士，授翰林院编修。参修《大明会典》，书成，升右春坊右庶子兼侍读。官至少詹事。张居正二子张敬修与张懋修相继在会试中中试，史孟麟弹劾少詹事黄洪宪监试舞弊。奉旨出使朝鲜。有《朝鲜国记》《玉堂日钞》等。

---

[1] 仙槎：神话中能来往于海上和天河之间的竹木筏。典出晋张华《博物志》卷十："旧说云天河与海通。近世有人居海渚者，年年八月有浮槎去来不失期，人有奇志，立飞阁于查上，多赍粮，乘槎而去。十馀日中，犹观星月日辰，自后芒芒忽忽，亦不觉昼夜。去十馀日，奄至一处，有城郭状，屋舍甚严。遥望宫中多织妇，见一丈夫牵牛渚次饮之。牵牛人乃惊问曰：'何由至此？'此人具说来意，并问此是何处。答曰：'君还至蜀郡访 严君平则知之。'竟不上岸，因还如期。后至蜀，问君平，曰：'某年月日有客星犯牵牛宿。'计年月，正是此人到天河时也。" 宋张孝祥《蝶恋花·送姚主管横州》词："君泛仙槎银海去。后日相思，地角天涯路。"

[2] 玉关：即玉门关。

[3] 飞羽：这里指羽书，插有鸟羽的紧急军事文书。

[4] 长缨：指捕缚敌人的长绳。《汉书·终军传》："军自请：'愿受长缨，必羁南越王而致之阙下。'"

编者按

　　明代后期的山海关诗多写战争。隆庆至万历初年，爱国名将戚继光镇守蓟镇长城一线长达十六年。他曾率兵出关作战，写了《出榆关》诗："前驱皆大将，列阵尽元戎。夜出榆关外，朝看朔漠空"，反映了当时军威之壮。万历中叶，女真族崛起，东北多事，黄洪宪《山海关》诗："长城古堞俯沧瀛，百二河山拥上京。银海仙槎来汉使，玉关秋草戍秦兵。星临尾部双龙合，月照平沙万马明。闻道辽阳飞羽急，书生急欲请长缨。"表达了作者请缨杀敌报效国家的壮志。明末，山海关有督师、经略常驻，统率重兵与后金作战。大学士兵部尚书蓟辽督师孙承宗写的《重登山海关城楼》云："甲胄诗篇少，乾坤戎马多。幻仍看海市，壮拟挽天河。塞上人先老，山头月奈何。群雄骄语曰，一剑几经过。"抒发了人生易老、报国任重、壮志未酬的感慨。

易水[1]歌（节选）

陈子龙

赵北燕南之古道，水流汤汤沙皓皓。

送君迢遥西入秦，天风萧条吹白草[2]。

作者简介

　　陈子龙（1608—1647年），南直隶松江华亭（今上海市松江区）人，初字人中，后改字卧子，又字懋中。崇祯十年进士，曾任绍兴推官。清兵攻陷南京后，他和太湖民众组织武装反抗，事败后被捕，永历元年（1647年）五月十三投水殉国。陈子龙不仅是明末著名烈士与英雄，也是明末重要作家，具有多方面的杰出成就。被誉为"明代第一词人"，曾主编巨著《皇明经世文编》，删改徐光启《农政全书》并定稿，这两部巨著具有很重

────────────

　　[1]　易水：水名，在河北省西部，源出易县境，入南拒马河。荆轲入秦行刺秦王，燕太子丹饯别于此。《战国策·燕策三》："风萧萧兮易水寒，壮士一去兮不复还。"

　　[2]　白草：牧草，干熟时呈白色，故名。

要的史学价值。

编者按

　　此处为节选，全诗为："赵北燕南之古道，水流汤汤沙皓皓。送君迢遥西入秦，天风萧条吹白草。车骑衣冠满路旁，《骊驹》一唱心茫茫。手持玉箸不能饮，羽声飒沓飞清霜。白虹照天光未灭，七尺屏风袖将绝。督亢图中不杀人，咸阳殿上空流血。可怜六合归一家，美人钟鼓如云霞。庆卿成尘渐离死，异日还逢博浪沙。"

　　陈子龙的《易水歌》是借咏荆轲抒发自己的抗清抱负。有人说此诗虽似专咏古，却是为左懋第赴北京与清廷谈判被扣留、拒降被害一事，当可信。这说明诗人思荆轲是由现实的触发，但不必以为处处都是用荆轲写左懋第，而应该感受这首诗的沉郁的悲剧感。它用前半篇的篇幅渲染"送君迢遥西入秦"的苍凉悲壮。将事件的性质与"古道""白草""清霜"等悲凉的物象相结合，很好地烘托出悲剧的氛围。尤其是"羽声飒沓飞清霜"一句，用视觉形象传达曲调慷慨激越的听觉感受，异常成功。紧接四句抒情化地交待史实，"空流血"是重心，也是全篇的关键处，"空流血"才是悲剧。如刺杀成功即使殒身血泊也是胜利。因诗人正反对清军南下统一全国，故一反过去歌颂"秦王扫六合"的传统，而认为六合归一于清是天下悲剧。作者对复明有坚定的信心，故结句奇拔："异日还逢博浪沙！"悲而有力，有种崇高美。

塞上曲

敖　英

无定河[1]边水，寒声走白沙。

受降城[2]上月，暮色隐悲笳。

玉帐[3]旄头[4]落，金微[5]雁阵斜。

几时征战息，壮士尽还家。

作者简介

敖英，字子发，号东谷，清江（今属江西）人。明正德

---

[1]　无定河：黄河一级支流，位于中国陕西省北部，是陕西榆林地区最大的河流，它发源于定边县白于山北麓，上游叫红柳河，流经靖边新桥后称为无定河。

[2]　受降城：见前。

[3]　玉帐：主帅所居的帐幕，取如玉之坚的意思。也可用以借指主将。

[4]　旄头：即昴星，古代当作胡星，诗词里用来借指外族入侵者。

[5]　金微：古山名，即今阿尔泰山。唐贞观年间，以铁勒卜骨部地置金微都督府，乃以此山得名。

十六年进士，授南京工部主事，历陕西、河南提学副使，官至四川右布政使。工于诗，著有《心远堂稿》《慎言集训》《绿雪亭杂言》《东谷赘言》等。他的诗独辟蹊径，很有特点。

编者按

　　这首诗描写了水、白沙、月、暮色、雁阵以及听到的悲笳声等意象，营造出凄楚、悲凉的意境，表达了将士们期盼战争尽早结束，早些回到自己家乡的愁苦之情。

清

古北口 [1]

顾炎武

雾灵山 [2] 上杂花生，山下流泉入塞声。

却恨 [3] 不逢张少保 [4]，碛 [5] 南犹筑受降城 [6]。

作者简介

顾炎武（1613—1682 年），明朝南直隶苏州府昆山（今江

---

[1]　长城隘口之一。在北京市密云县东北，为古代军事要地。清顾炎武《昌平山水记》："唐庄宗取幽州，辽太祖取山南，金之破辽兵、败宋取燕京，皆由古北口。"

[2]　雾灵山：位于河北省兴隆县北部。

[3]　恨：遗憾。《史记·萧相国世家》："臣死不恨矣！"

[4]　张少保：指唐代名将张仁愿意。张仁愿于唐中宗神龙年间以御史大夫统帅欤方军抵御突厥，并在黄河北岸修筑三受降城。死后赠太子少傅。

[5]　碛：见前。

[6]　受降城：汉唐筑以接受敌人投降，故名。汉故城在今内蒙古乌拉特旗北；唐筑有三城，中城在朔州，西城在灵州，东城在胜州。这里指唐受降城。

苏省昆山市）。本名绛，乳名藩汉，别名继坤、圭年，字忠清、宁人，亦自署蒋山佣；南都败后，因为仰慕文天祥学生王炎午的为人，改名炎武。因故居旁有亭林湖，学者尊为亭林先生。明末清初的杰出的思想家、经学家、史地学家和音韵学家，与黄宗羲、王夫之并称为明末清初"三大儒"。他一生辗转，行万里路，读万卷书，创立了一种新的治学方法，成为清初继往开来的一代宗师，被誉为清学"开山始祖"。顾炎武学问渊博，于国家典制、郡邑掌故、天文仪象、河漕、兵农及经史百家、音韵训诂之学，都有研究。晚年治经重考证，开清代朴学风气。其学以博学于文，行己有耻为主，合学与行、治学与经世为一。诗多伤时感事之作。其主要作品有《日知录》《天下郡国利病书》《肇域志》《音学五书》《韵补正》《古音表》《诗本音》《唐韵正》《音论》《金石文字记》《亭林诗文集》等。

编者按

    此诗前两句写景，生动准确地抓住了雾灵山的特点。雾灵山在古代又名万花台，时至夏季，各色鲜花盛开，便正是一片"杂花生"。而在山下，泉水流出塞外。然而全诗到此笔锋一转，由眼前的景色而联想到国家大事。碛南的受降城依旧在，那里曾是唐王朝接受敌人投降的地方，诗人一想到此便不禁有不胜古今之感，曾经繁盛的中原王朝，如今却被外敌入侵。其缘由何在？诗人感叹不曾遇到张少保，朝廷缺少贤臣辅佐，其中流露着壮志难酬之感。

塞外初冬

玄 烨

阴山^[1]南去雁行多，渺渺沙原六御过^[2]。
报是初冬新律^[3]改，依然霜晓气暄和^[4]。

作者简介

清圣祖仁皇帝爱新觉罗·玄烨（1654—1722年），即康熙帝，清朝第四位皇帝、清定都北京后第二位皇帝，年号康熙：康，安宁；熙，兴盛——取万民康宁、天下熙盛的意思。他八岁登基，十四岁亲政。在位六十年，是中国历史上在位时间最长的皇帝。他奠定了清朝兴盛的根基，捍卫统一的多民族国家，开创出康

[1] 阴山：见前。

[2] 六御：指天子的车驾

[3] 律：指季节和气候。陆游《春望》："大地回春律，山川扫积阴。"

[4] 暄和：暖和。宋柳永《黄莺儿》词："暖律潜催，幽谷暄和，黄鹂翩翩，乍迁芳树。"

乾盛世的大局面。谥号合天弘运文武睿哲恭俭宽裕孝敬诚信功德大成仁皇帝。

编者按

　　《清实录》记载：康熙三十五年十月十三日，"上自白塔往归化城，卤簿全设，副都统阿迪等率官兵来迎。民间老少男妇，皆执香集路旁跪接"，康熙在此逗留二十多天，巡查塞外，抚边恤民，经理军务，亦未忘吟诗励志，且诗作甚多，为后人留下历史记录。十月十二日立冬日驻跸于白塔之前，吟成此诗。述归化城外此时南雁横空、晨霜满地、气候暄和之风光。

红 川

玄 烨

紫塞红川接上京，昼闲雉尾暑风轻。
茅茨[1]不改阶三尺，台殿何须筑九层。
谷鸟群飞林欲暮，边花齐发雨新晴。
试看属国欢娱日，大漠虚烟处处生。

作者简介

见前。

编者按

六月十二日，玄烨亲扶玉辇陪其祖母太皇太后（庄妃）

---

[1]　茅茨：茅草盖的屋顶，亦指茅屋，又指简陋的居室。
《尹文子》："尧为天子，衣不重帛，食不兼味、土阶三尺，茅茨不剪。

231

由京师（北京）出古北口，经博洛河屯（今隆化县城北郊）于二十五日驻宜苏喀布秦口（今围场庙宫水库南两山间之夹口）。二十七日驻乌拉岱（蒙古语，汉译红川。今围场县朝阳湾镇马蹬沟一带）。玄烨在此陪伴祖母消夏避暑二十余日，使其祖母尽享天伦之乐。

昭君墓（节选）

玄　烨

……

目睹当年冢[1]，心怀四海图。

……

开诚示异族，布化越荒途。

漠漠龙沙际，寥寥雁塞隅。

偶吟因有触，意独与人殊。

作者简介

见前。

编者按

康熙一生能文能武，闲暇之时爱好作诗，现存诗作一千多首。其诗题材广泛，内容丰富，更有抒"治国之道"之诗篇。

[1]　当年冢：指昭君冢。

出塞（节选）

玄　烨

森森万骑历驼城[1]，沙塞风清碛路平。

冰泮[2]长河[3]堪钦马，月来大野[4]照移营[5]。

邮签[6]纪地旬余驿，羽辔[7]行边六日程。

天下一家无内外，烽销堠罢[8]不论兵。

---

[1]　驼城：陕西榆林古城的别称。位于陕西省的最北部，陕北黄土高原和毛乌素沙地交界处，是黄土高原与内蒙古高原的过渡区。

[2]　冰泮（pàn）：冰冻融解。泮，冰雪融解。《诗·邶风·匏有苦叶》："迨冰未泮。"

[3]　长河：黄河。

[4]　大野：广大的原野、田野。

[5]　移营：转移营地。

[6]　邮签：驿馆、驿船等夜间报时的更筹。

[7]　羽辔：有羽翼的缰绳，借指仙人的车驾。辔：驾驭牲口的缰绳和嚼子。

[8]　烽销堠罢：意为战乱平定。

作者简介

见前。

编者按

清康熙三十六年（1697 年），康熙率大军第三次征讨蒙古准噶尔部叛乱头目噶尔丹，彻底消灭噶尔丹叛乱势力后，渡过黄河来到榆林，写下了此诗。诗中大手笔地描写了外蒙古和新疆战事结束、政治统一、社会稳定、驿路通畅的情景。

浣溪沙 [1]

纳兰性德

　　万里阴山 [2] 万里沙，谁将绿鬓斗霜华 [3]，年来强半 [4] 在天涯。

　　魂梦不离金屈戌 [5]，画图亲展玉鸦叉 [6]。生怜 [7] 瘦减一分花。

作者简介

　　纳兰性德（1655—1685年），叶赫那拉氏，字容若，号楞

---

　　[1]　浣溪沙：本唐教坊曲名，后用作词牌。一作《浣溪纱》，又名《浣沙溪》《小庭花》等。双调四十二字，平韵。

　　[2]　阴山：今河套以北，大漠以南诸山的统称。

　　[3]　绿鬓：谓乌黑发亮的头发。古人常借绿、翠等形容头发的颜色。斗，斗取，即对着。霜华，白色的霜。

　　[4]　强半：大半、过半。

　　[5]　金屈戌（shù）：屈戌，门窗上的环钮、搭扣。此谓金饰（即铜制）人屈戌，代指梦中思念的家园。

　　[6]　玉鸦叉：即玉丫叉。即画叉，用来披展画卷。

　　[7]　生怜：谓看着图画上她那消瘦的身影而生起怜惜之情。生怜，甚怜。

伽山人，满洲正黄旗人，清朝初年词人，原名纳兰成德，因避讳太子保成而改名纳兰性德。大学士明珠长子，其母为英亲王阿济格第五女爱新觉罗氏。

纳兰性德自幼饱读诗书，文武兼修，十七岁入国子监，被祭酒徐元文赏识。十八岁考中举人，次年成为贡士。康熙十二年（1673年）因病错过殿试。康熙十五年（1676年）补殿试，考中第二甲第七名，赐进士出身。纳兰性德曾拜徐乾学为师。他于两年中参与编纂了一部儒学汇编——《通志堂经解》，深受康熙皇帝赏识，为今后的发展奠定了基础。

纳兰性德于康熙二十四年五月三十日（1685年7月1日）溘然而逝，年仅三十岁。纳兰性德的词以"真"取胜，写景逼真传神，词风"清丽婉约，哀感顽艳，格高韵远，独具特色"。著有《通志堂集》《侧帽集》《饮水词》等。

编者按

《浣溪沙·万里阴山万里沙》是清代纳兰性德所做的一首词。康熙二十一年（1682年）八月，纳兰受命与副都统郎谈等出使梭龙打虎山，十二月还京，这首词大约作于此行中。

此篇抒发了因出使万里荒漠而与妻子分离的痛苦之情。上片写年来大半在天涯空度，岁月流逝，徒增白发。下片写离愁别恨。用虚设之笔，写离魂还家，妻子瘦削。如此用笔便更进一步地表达出对妻子深切的思念之情。

塞　上

马长海

居延塞[1]中草茫茫，蒙恬城[2]上云苍苍。

溪深溪浅马蹄白，沙重沙轻人面黄。

日暮胡姬吹觱篥[3]，天寒贾客市牛羊。

边风挏酒不成醉，一问前朝古战场。

作者简介

马长海（1667—1744年），那兰氏，字汇川，号清痴，满洲镶白旗人。马长海生活的时代虽说是"康乾盛世"，但却

---

[1]　居延塞：西汉武帝时派遣强弩都尉路博德在居延泽上兴筑的长城，遗迹分布在今额济纳旗金斯图淖北面及额济纳河，属于张掖郡（郡治在今甘肃省张掖市）管领。

[2]　蒙恬城，典出《史记·平津侯主父列传》："偃盛言朔方地肥饶，外阻河，蒙恬城之以逐匈奴，内省转输戍漕，广中国，灭胡之本也。上览其说，下公卿议，皆言不便……主父偃盛言其便，上竟用主父计，立朔方郡。"

[3]　觱篥（bì lì）：古簧管乐器名。以竹为管，管口插有芦制哨子，有九孔。本出西域龟兹，后传入内地，为隋唐燕乐及唐宋教坊乐的重要乐器。

238

·清·

是个官场腐败、法治浑浊、文字狱泛滥的时代，面对这样的现实，他反抗的唯一方式就是做个隐士。于是他离家出走，在易水河畔的雷溪筑了个草屋，取名"钵庵"，就在那里度过了他艰涩的一生。

编者按

马长海是著名的满洲八旗诗人，也是受到后世广泛关注的满族诗人之一。后世常将马长海归为"辽东三老"或"辽东布衣"群体中。马长海喜吟诗作画，作品众多。其诗大多散佚，只馀《雷溪草堂集》一卷，共二百零三首诗。

此诗描绘了塞上之风光。

239

嘉峪关[1] 楼

岳钟琪

酒泉[2]今重镇，天险古名州。

牧野无新幕[3]，筹边有旧楼[4]。

风旋沙碛动，天接海云浮。

回首长安路，烽烟万里秋。

作者简介

岳钟琪（1686—1754年），字东美，号容斋，四川成都（今四川成都）人，原籍凉州庄浪（今兰州永登）。岳飞

---

[1] 嘉峪关：在甘肃酒泉县西嘉峪山西麓。自古为东西交通要冲。明洪武初冯胜下河西，以嘉峪关地势险要，筑城置戍，为明长城西端关口。

[2] 酒泉：今甘肃省酒泉市，位于甘肃省西北部河西走廊西端的阿尔金山、祁连山与马鬃山之间。

[3] 幕：此指牧民的帐篷。

[4] 筹边：筹划、谋划边境之事，即主持、处理边境事务。旧楼：此指嘉峪关楼。

二十一世孙，四川提督岳升龙之子，清代康熙、雍正、乾隆时期名将。康熙五十年（1711年），授游击。康熙五十八年（1719年），以准噶尔部入扰西藏，奉命率兵入川。康熙五十九年（1720年），夺桥渡江，直抵拉萨。乾隆十九年（1754年），岳钟琪抱重病出征镇压陈琨时，病卒于四川资州，时年六十八岁。乾隆帝赐谥"襄勤"，乾隆帝赞为"三朝武臣巨擘"。著作《姜园集》《蛩吟集》等。

编者按

此诗多用对仗句。首联强调嘉峪关的悠久历史；颔联、颈联写眼前所见：戈壁广阔，边民稀少，高楼雄立，沧桑斑驳，风疾沙舞，云海茫茫；此境之下，尾联中思乡之情也就油然而生了。

三垂冈 [1]

严遂成

英雄立马起沙陀 [2] ，奈此朱梁 [3] 跋扈 [4] 何。

只手难扶唐社稷，连城犹拥晋山河。

风云帐下奇儿在，鼓角灯前老泪多。

萧瑟三垂冈下路，至今人唱《百年歌》 [5] 。

作者简介

严遂成（1694—？　），字崧占（一作崧瞻），号海珊，乌

---

[1]　三垂冈：在今山西长治市郊。

[2]　沙陀：我国古代部族名，西突厥别部，即沙陀突厥。《新唐书·沙陀传》："沙陀，西突厥别部处月种也。"唐贞观间居金莎山（今尼赤金山）之南，蒲类海（今新疆巴里坤湖）之东。其境内有大碛（今古尔班通古特沙漠），因以为名。五代时的李克用、刘知远均为沙陀人。

[3]　朱梁：指五代后梁，为朱温所建，故称。

[4]　跋扈：专横暴戾，欺上压下。

[5]　《百年歌》是一首写于魏晋时期的乐府诗。全诗分为十段，以人生每十年为一段，讲述人生百年。

程（今浙江湖州）人。雍正二年（1724年）进士，官山西临县知县。乾隆元年（1736年）举"博学鸿词"，值丁忧归。后补直隶阜城知县。迁云南嵩明州知府，创办凤山书院。后起历雄州知州，因事罢。在官尽职，所至有声。复以知县就补云南，卒官。诗工咏古，撰《明史杂咏》四卷。有《海珊诗钞》等著作。

编者按

这一首诗，写的是中国历史上战乱最多的五代时期的一段史实。全诗融贯古今，格调高昂，气势恢弘，对仗工整，的确是一首难得的咏史佳作。诗中追述了李克用父子两代相承的英雄伟业，带有人世沧桑的凄凉，但更多的是英雄立马的豪迈。

三垂冈是山西长治市郊的一座山。这里古称上党，战略位置十分重要，被兵家称为天下之脊。谁占据了上党的地利，谁就可以囊括三晋，跃马幽燕，挥戈齐鲁，问鼎中原，因此，历来是兵家必争之地。崛起于晋北的沙陀族李克用，就与朱温反复争夺上党二十余年，主要城池和关隘先后多次易手。907年，朱温篡唐改国号为梁（后梁），派兵十万围攻上党李克用，两军相持年余，战事处于胶着状态。后梁开平二年（908年），李克用临终前向儿子李存勖交代的三件事之一，就是一定要解上党之围。李存勖在太原继承晋王王位以后，立即戴孝出征，疾行六日，到达三垂冈，"会天大雾昼暝，兵行雾中，攻其夹城，破之，梁军大败，凯旋告庙。"

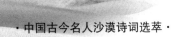

乌鲁木齐杂诗

纪　昀

烽燧[1]全销大漠清，弓刀闲挂只春耕。
瓜期五载[2]如弹指，谁怯轮台[3]万里行？

作者简介

　　纪昀（1724—1805年），字晓岚，一字春帆，晚号石云，道号观弈道人，直隶献县（今河北沧州市）人。清代政治家、文学家，乾隆年间官员。历官左都御史，兵部、礼部尚书，协办大学士，加太子少保管国子监事。曾任《四库全书》总纂修官。纪昀学宗汉儒，博览群书，工诗及骈文，尤长于考证训诂。任官五十馀年，年轻时才华横溢、血气方刚，晚年的内心

---

　　[1]　烽燧：古代边防报警的信号，白天放烟叫烽，夜间举火叫燧。也指战乱。

　　[2]　瓜期五载：瓜期，指任职期满换人接替的日期，此处指军士屯边的期限为五年。

　　[3]　轮台：古西域地名，在今新疆维吾尔族自治区轮台县。

世界却日益封闭。其《阅微草堂笔记》正是这一心境的产物。嘉庆十年（1805年）二月，纪昀病逝，因其"敏而好学可为文"，"授之以政无不达"（嘉庆帝御赐碑文），故卒后谥号"文达"，乡里世称文达公。他的诗文，经后人搜集编为《纪文达公遗集》。

编者按

　　乾隆三十三年（1768年），纪晓岚因扬州两淮盐运使司亏空一千万两盐税案被连累后流放新疆，于当年底到达乌鲁木齐，住在以大小十字为中心的迪化城内。三十六年（1771年）初获释返京，在乌鲁木齐生活了整整两年。因他曾是朝中官员，又是著名文人，所以受到当时乌鲁木齐最高军政长官办事大臣的礼遇，任为秘书官，负责起草奏折檄文，并可签署一般公文，处理一般政务。对这一段经历，无论在当时还是事后，他都十分珍视。东归途中，旅馆孤居，昼长多暇，追述风土，兼叙旧游，整理出《乌鲁木齐杂诗》一百六十首，并详加注解。

住宿蒙古累值大风漫赋

朱休度

大声撼起沙飞扬，蓬蓬勃勃[1]疾莫当。

顷刻涨满穹庐[2]黄，粗沙撒豆细沙飏。

旋若大海群龙翔，砰訇[3]旋转无定方。

不辨人形不辨语，白昼索灯灯灭光。

作者简介

朱休度（1732—1812年），字介裴，号梓庐，浙江秀水今浙江嘉兴人。乾隆十八年（1753年）举人，官嵊县训导。历迁山西广灵县知县，多善政。归乡后，主讲剡川书院，选《史》《汉》以来文章类要以教士。偶患心疾，不能观书，则考金石文字自娱，作有《石药记》。休度博闻通识，于书无所不窥。诗深于南宋，排比声律最精。著有《小木子诗》三刻，又有

---

[1] 蓬蓬勃勃：风吹动貌。

[2] 穹庐：古代游牧民族居住的毡帐。

[3] 砰訇：象声词。

《学海观沤录》《紫荆花下闲钞》《游笔》等，并行于世。

编者按

　　此诗所描绘的蒙古大风的场景如在眼前，尾联"不辨人形不辨语，白昼索灯灯灭光"足可见风沙之大。

商都^[1]杂兴

商都[1]杂兴

斌 良

戈壁苍茫万里途，盘车北上塞云孤。
海龙江獭鱼油锦，贸易新通恰克图^[2]。

作者简介

斌良（1771—1847年），字吉甫，又字笠耕、备卿，满洲正红旗人。先后任生捐主事、太仆寺主事、员外郎，充高宗皇帝实录纂修官。嘉庆十一年，任盛京兵部员外郎。十二年，补任户部员外郎。十六年，升任郎中。十八年，随协办大学士托津赴河南平定白莲教李文成等，赏戴花翎。后调陕西、河南等处任按察使等职。道光二年（1822年），补太仆寺少卿。五

---

[1] 商都：即今内蒙古乌兰察布市商都县。

[2] 恰克图：清代俄中边境重镇，原属中国。南通买卖城和库伦（今乌兰巴托），北达上乌丁斯克（今俄罗斯乌兰乌德）。恰克图位于俄蒙边界界河的北岸，和南岸的蒙古国的阿勒坦布拉格（买卖城）隔河相望，俄罗斯布里亚特自治共和国南部城市。

年，同左都御史松筠赴三座塔，会同热河都统那清安查讯诬控案扺及东土特旗牧场地使用等情。六年，因办案不力，降为户部郎中。十六年，升任内阁侍读学士。十八年，升太仆寺卿。二十二年，升政通使。二十三年，升任都察院左副都御史。后调任盛京刑部。

编者按

  恰克图过去是中国北方与俄罗斯通商的商埠，今在俄罗斯境内。1727 年中俄签订《恰克图条约》于此。这首诗描写了内地和边疆的贸易情况。

风　雪

萧　雄

阵阵狂风不可当，漫空沙石乱飞扬。

穷川大漠连朝暗，多少征人[1]委[2]异乡。

作者简介

　　萧雄，字皋谟，号听园山人。约在清道光初年出生于湖南省益阳县一个"累世诗书孝文"的封建文人家庭。他自幼虽热衷于功名，并且经过"困场屋二十余年"的苦读，却屡次应试不第，"娓娓之觊一衿而不可得"。同治到光绪年间，正处在"塞外多事"的历史背景下，"慨自壮岁，困于毛锥"的萧雄，以满腔热血，"奋袖而起"，毅然决然地"请缨于贺兰山下，即从战而西"。在边陲"旁午于十余年之中，驰骋于二万里之内"。多年的戎马生活，使他获得了长期接触并深入

---

　　[1]　征人：指出征或戍边的军人。

　　[2]　委：丢弃，抛弃。据诗人自注，沙漠中大风起时，多有行人遇难之事。

考察风土人情的机会。他的《西疆杂述诗》四卷，正是身临其境、占有第一手材料而积累的丰硕成果。约光绪十八年（1892年），完成其诗稿后不久，便客死长沙，终年当在六十五岁以上。

编者按

　　萧雄在同治年间曾西域随军，往返三次，历十数年，留下了许多反映新疆风土人情的篇章。这首诗写塞外风沙肆虐之状，狂风阵阵，沙石飞扬，委实叫人难以承受。更何况风雪交加，黄沙蔽天，大漠之中数日暗暗无光，在这样的恶劣环境中不知道有多少出征戍边的人一去不回。诗人熟谙西域大漠之可怖情状，对那些出征的士兵深感怜悯。

七 律

萨克达·成敦

夜渡榆关[1]万里遥，笳声鞭影两萧萧。
弯弓大漠闲驰马，饮羽[2]平原试射雕。
塞草春寒残雪积，霜林夜旷晓风摇。
壮怀何事封侯梦[3]，战罢依然意气骄。

作者简介

　　不详。

---

　　[1]　榆关：见前。
　　[2]　饮羽：箭深没羽，形容射箭的力量极强。羽，箭尾上的羽毛。《吕氏春秋·精通》："养由基射兕中石，矢乃饮羽。"高诱注："饮羽，饮矢至羽。"
　　[3]　封侯梦：盖指李广之典故。

编者按

　　此诗选自清代诗人萨克达·成敦的《榆社诗集》。此诗盖记述一次夜间的军事行动，在夜间飞渡榆关，笳声不断，鞭子挥舞不止，一派豪情奔放的景象。

出塞绝句

余正酉

其一

朔风猎猎透征衣，枯草惊沙卷地飞。

去去天山吊青冢[1]，此行端只为明妃[2]。

其二

大漠天低四野圆，黄沙千里绝人烟。

此生梦断封侯想[3]，也到阴山敕勒川[4]。

作者简介

余正酉（生卒年不详），字秋门清济南历城（今山东济

---

[1] 天山：见前。青冢：详见杜甫《咏怀古迹·其三》。

[2] 明妃：详见杜甫《咏怀古迹·其三》。

[3] 封侯想：陆游《诉情》："当年万里觅封侯，匹马戌梁州。关河梦断何处？尘暗归貂裘。

[4] 阴山：在今内蒙古自治区北部。敕勒川：位于高耸云霄的阴山脚下。川：平阔的原野。北朝民歌《敕勒歌》："敕勒川，阴山下，天似穹庐，笼盖四野。天苍苍，野茫茫，风吹草低见牛羊。"

南）人，道光五年（1825年）举人。曾任镶白旗官学教习、山西潞城知县、江西吉州知州等职。济南"明湖七子"之一，著有《秋门诗钞》。

编者按

历史上的阴山作为中原王朝和北方游牧民族政权的天然屏障，一直是双方争夺的焦点，秦汉和匈奴、北魏和柔然、隋唐和突厥之争都以阴山为主战场。在诗人们的笔下，吟咏阴山的诗作也就自然而然地充满了慷慨悲凉、肃杀凄伤的意味。

此二首诗写阴山之风光，"大漠天低四野圆，黄沙千里绝人烟"，广袤荒凉的气氛尽显于眼前。

出嘉峪关 [1] 感赋

林则徐

严关 [2] 百尺界天西，万里征人驻马蹄。

飞阁遥连秦树 [3] 直，缭垣 [4] 斜压陇云低。

天山 [5] 巉削 [6] 摩肩立，瀚海 [7] 苍茫入望迷。

谁道崤函 [8] 千古险，回看只见一丸泥。

---

[1] 嘉峪关：见前。

[2] 严关：险要的关门，险要的关隘。《乐府诗集·郊庙歌辞四·隋五郊歌》："严关重闭，星迥日穷。"

[3] 秦树：秦地的树。

[4] 缭垣：围墙。汉张衡《西京赋》："缭垣绵联，四百余里。"

[5] 天山：见前。

[6] 巉削（chán xuē）：形容山势险峻陡峭。宋朱熹《云谷记》："四隤皆巉削，下数百丈，使人眩视，悸不自保。"

[7] 瀚海：指沙漠。

[8] 崤（xiáo）函：亦作"崤嵌"，崤山和函谷。自古为险要的关隘。

作者简介

　　林则徐（1785—1850年），福建侯官县（今福建福州）人，字元抚，又字少穆、石麟，晚号俟村老人、俟村退叟、七十二峰退叟、瓶泉居士、栎社散人等，是清朝时期的政治家、思想家和诗人。官至一品，曾任湖广总督、陕甘总督和云贵总督，两次受命钦差大臣；因其主张严禁鸦片，在中国有"民族英雄"之誉。尽管林则徐一生力抗西方入侵，但对于西方的文化、科技和贸易则持开放态度，主张学其优而用之。根据文献记载，他至少略通英、葡两种外语，且着力翻译西方报刊和书籍。晚清思想家魏源将林则徐及幕僚翻译的文书合编为《海国图志》，此书对晚清的洋务运动乃至日本的明治维新都具有启发作用。1850年11月22日，林则徐在普宁老县城病逝。

编者按

　　此诗为1842年10月林则徐被遣戍新疆伊犁，路过嘉峪关时所作。

登万里长城·其二

康有为

汉时关塞重卢龙[1]，立马长城第一峰[2]。

日暮长河[3]盘[4]大漠，天晴外部[5]数[6]疆封[7]。

清时堡堠[8]传烽静[9]，出塞山川作势雄。

百万[10]控弦[11]嗟往事，一鞭冷月踏居庸。

---

　　[1]　卢龙：古塞名，在今河北省迁安县，为古代关防重地。曹操北征乌桓时，曾到过此地。

　　[2]　第一峰：指八达岭。

　　[3]　长河：黄河。

　　[4]　盘：盘绕，弯曲。

　　[5]　外部：指长城以北的少数民族。

　　[6]　数：历历可数。

　　[7]　疆封：边界。

　　[8]　堡堠（hòu）：这里指烽火台。

　　[9]　传烽静：指没有战争。传烽，古时边境有敌入侵，即举烽火报警，一一相递，称传烽。这里的实际含义同《过昌平城望居庸关》"时平"句意，是反语。

　　[10]　百万：指古代百万英雄战士。

　　[11]　控弦：开弓，代指手持武器的士兵。

作者简介

康有为（1858—1927年），原名祖诒，字广厦，号长素，又号明夷、更甡、西樵山人、游存叟、天游化人，广东省南海县丹灶苏村人，人称康南海，中国晚清时期重要的政治家、思想家、教育家，资产阶级改良主义的代表人物。康有为出生于封建官僚家庭，光绪五年（1879年）开始接触西方文化。光绪十四年（1888年），康有为再一次到北京参加顺天乡试，借机第一次上书光绪帝请求变法，受阻未上达。光绪十七年（1891年）后在广州设立万木草堂，收徒讲学。光绪二十一年（1895年）得知《马关条约》签订，联合一千三百多名举人上万言书，即"公车上书"。

光绪二十四年（1898年）开始进行戊戌变法，变法失败后逃往日本，自称持有皇帝的衣带诏，组织保皇会，鼓吹开明专制，反对革命。辛亥革命后，作为保皇党领袖，他反对共和制，一直谋划溥仪复位。民国六年（1917年），康有为和张勋发动复辟，拥立溥仪登基，不久即在当时北洋政府总理段祺瑞的讨伐下宣告失败。康有为晚年始终宣称忠于清朝，溥仪被冯玉祥逐出紫禁城后，他曾亲往天津，到溥仪居住的静园觐见探望。民国十六年（1927年）病死于青岛。康有为作为晚清社会的活跃分子，在倡导维新运动时，体现了历史前进的方向。但后来，他与袁世凯成为复辟运动的精神领袖。

编者按

　　以"百日维新"震惊了华夏大地的康有为，早在顺天乡试期间（1888 年），就"发愤上书万言"，提出了"及时变法"的主张。上书前夕，这位志在"若为霜隼击高秋""岂无倚剑叹雄才"的热血之士，曾一鞭单骑出居庸关，站在雄伟的八达岭上，纵览山河壮色，写下了两首"郁勃苍凉"的七律《登万里长城》，此为其二。这两首诗都是先写景，赞美长城的雄伟壮丽，抒发作者的壮志豪情。后吊古伤今，兼带议论，表达对民族危亡、国家衰败的关切，激励自己献身祖国、振兴中华。

　　在此诗中，诗人"立马长城第一峰"时，想到这一带从汉代以来就是重要关塞，不禁引发登临思古之情。"日暮长河盘大漠"和"出塞山川作势雄"二句，描绘了壮丽的塞外景色，写出想象中的雄伟气象。"清时堡堠传烽静"和"天晴外部数疆封"二句，又描述了中国强盛时代的巩固边防，倾吐出思古的豪壮情怀。但诗风在此一转，作者指出时代一去不复返了，只有"一鞭冷月"，凄清地伴随着踏上"居庸"关，令人抚今追昔，感怀无际。诗中有虚有实，虚实相间，有情有景，情景交融。一个"重"字，一个"嗟"字，遥相呼应，隐寓作者关心国事的深切情意。此诗语句工稳，气势雄健，足代表作者的早期诗风。

登靖边^[1]边城有怀（节选）

周 凌

登临绝塞^[2]一孤城，极目苍茫万里情。

……

花残日暮风沙暗，柳落秋深鼓角^[3]鸣。

……

作者简介

不详。

编者按

在遥远的边疆地区，作者登上城墙，极目远眺，只见秋天花草都凋零了，日暮时分天色暗淡，又起了风沙，柳叶飘落，鼓角声响。这将是怎样的情景？

---

[1] 靖边县，史称夏州、朔方，隶属于陕西省榆林市，位于陕西省北部，榆林市西南部。

[2] 绝塞：极远的边塞地区。

[3] 鼓角：战鼓和号角，两种乐器。军队亦用以报时、警众或发出号令。

人 日[1]

三 多

万里龙沙[2]一掌平，不知已傍九霄[3]行。
漠南移节[4]绥[5]藩部，斗北回头望帝京。
腊雪渐随人迹化，春风先与马蹄争。
金桃枝倘扶疏[6]发，从此长听好鸟声。

作者简介

三多（1871—1941年），清朝和民国时期的政治人物、文人、书画家。蒙古族，本姓钟木依氏，蒙古全名三多戈，汉姓张，字六桥，隶蒙古镶红旗，出生于浙江杭州。十七岁中举人，历任三等驻军都尉、杭州府知府、浙江武备学堂总办、洋

---

[1] 人日：旧俗以农历正月初七为人日。
[2] 龙沙：泛指塞外漠北边塞之地，荒漠。
[3] 九霄：天之极高处，高空。
[4] 移节：旧称大吏转任或改变驻地。
[5] 绥：安抚，使平定。
[6] 扶疏：枝叶繁茂分披貌。

务局总办、京师大学堂提调、民政部参事、归化副都统等职。1941年去世。遗著有《可园诗钞》《可园外集》《柳营谣》《库伦蒙城卡伦对照表》等。

编者按

光绪三十四年（1908年），三多出任归化城（今内蒙古呼和浩特）副都统。在归化任职期间，积极主张对蒙古族地区进行改革，建议在蒙古族地区"遍设半日学堂以开蒙智"；选拔内外蒙古王公勋旧子弟入陆军贵胄学堂学习，并指出"时势日急，外患更深，整顿蒙旗，万难再缓"。这一时期使他与内蒙古有了不解之缘。

岁暮杂感二首·其二

吴禄贞

乘槎[1]直达沧溟[2]里，家在潇湘云梦[3]中。

锦瑟年华[4]问流水，筹边[5]事业等雕虫。

剑横玉塞[6]昆仑月，马渡阴山瀚海风[7]。

三十功名尘土耳[8]，一江冰雪笑渔翁[9]。

---

[1] 乘槎：见前。

[2] 沧溟：大海。《汉武帝内传》："诸仙玉女，聚居沧溟。"

[3] 潇湘云梦：在此处指诗人的家乡湖北省云梦县。

[4] 锦瑟年华：比喻青春时代。唐李商隐《锦瑟》诗："锦瑟无端五十弦，一弦一柱思华年。"

[5] 筹边：筹划边境的事务。

[6] 玉塞：玉门关的别称。

[7] 阴山：见前。瀚海：见前。

[8] 三十功名尘土耳：化用岳飞《满江红》的"三十功名尘与土"。

[9] 一江冰雪笑渔翁：化用柳宗元《江雪》的"千山鸟飞绝，万径人踪灭。孤舟蓑笠翁，独钓寒江雪。"

作者简介

吴禄贞（1880—1911年），字绶卿，湖北省云梦县（今属湖北）人。中国近代资产阶级革命家，民族英雄。1896年怀着为国雪耻的志愿，毅然投军。与孙武、傅慈祥等志同道合的爱国青年成为挚友。1898年，被推荐入日本士官学校学习陆军，在校结识了张绍曾、蓝天蔚，三人学习成绩突出，志趣不凡，被称为"士官三杰"。他决心以革命排满为己任，走上革命道路。发起组织励志会，又毅然加入兴中会。与云南的蔡锷齐名，时称北吴南蔡。

编者按

此诗见于《戍延草》，题为《岁暮杂感二首》之二。察其诗意，应作于东北而非北京。《戍延草》中《雨后过程子端北园小饮即席限韵二首》有"三十功名同慷慨，少年意气尚淋漓"之句，上句自注"予与子端皆今年三十"，此诗作于1909年，时吴禄贞虚岁三十，《岁暮杂感二首》当作于1908年，"三十"是泛指。

吴禄贞能传诗名于后世，不止因为他是个烈士，不止因为他参加革命，而是因为他确实是一个诗人。南社巨子柳亚子云："辛亥革命前，吾党军事人才，兼资文武者，黄克强先生而外，允推丹徒赵伯先（声）与云梦吴绥卿（禄贞）二人。"廉泉评价吴诗："雄直悍快，有其为人，不肯嗫嚅作儿女态。"

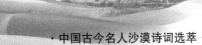

西域引

谭嗣同

将军夜战战北庭^[1]，横绝大漠回奔星。

雪花如掌吹血腥，边风冽冽沉悲角^[2]。

冻鼓咽断貔貅^[3]跃，堕指裂肤金甲薄。

云阴月黑单于逃，惊沙锵击苍龙刀。

野眠未一辞征袍，欲晓不晓鬼车叫。

风中僵立挥大纛^[4]，又促衔枚^[5]赴征调^[6]。

---

[1] 北庭：唐于西域设北庭都护府，辖天山以北广大区域，治庭州（今新疆吉木萨尔北破城子）。

[2] 悲角：悲凉的号角声。角，古时军中吹的乐器。唐杜甫《上白帝城》诗："老去闻悲角，人扶报夕阳。"

[3] 貔貅（pí xiū）：传说中的一种猛兽。古代也用来比喻勇猛的军队。

[4] 大纛（dào）：军中或仪仗队的大旗。宋欧阳修《昼锦堂记》："然则高牙大纛，不足为公荣；桓圭衮冕，不足为公贵。"

[5] 衔枚：见前。

[6] 征调：征集、调遣人员或物资。明高明《琵琶记·丹陛陈情》："譬如四方战争多征调，从军远戍沙场草，也只是为国忘家怎惮劳？"

作者简介

谭嗣同（1865—1898年），清湖南浏阳（今属湖南）人，字复生，号壮飞。少时随父继洵居北通州，常至京师。而立之年遍游南北。博览群书，今文经学、佛学、西洋自然科学，无不涉猎，于王夫之、魏源、龚自珍尤为激赏。且喜技击。甲午战后，提倡新学，著《仁学》，主张冲决网罗，批判纲常名教。光绪二十三年，在湖南协助巡抚陈宝箴兴办新政，创办时务学堂、《时务报》、《湘学报》、南学会等。二十四年，被召入京，任军机章京，授四品卿衔，与林旭、杨锐、刘光第同参新政，号"军机四卿"。变法维新危急之际，夜访袁世凯，以求支持。不料变法失败，不肯走避，遂为愿为变法而流血之第一人，被捕昂然就义，为"戊戌六君子"之一。有《莽苍苍斋诗集》等。

编者按

《西域引》，"引"为古代乐府诗体的一种，这首诗描写的就是湘军收复乌鲁木齐之战。谭嗣同在刘锦棠幕府听到十年前的这次战役，为将士们奋勇杀敌保卫边疆的爱国至诚所感，以向往与敬仰之情，写下这首《西域引》。

近现代

骑登鸣沙山 [1]

于右任

立马沙山上，高吟《天马歌》[2]。
英雄不复出，天马更如何？

作者简介

于右任（1879—1964年），原名伯循，字右任，以字行。笔名太甲老人、神州旧主、骚心等。1879年4月11日出生于陕西三原县东关河道巷一贫寒家庭，祖籍陕西泾阳县。1881年，生母赵氏病故，遂跟随伯母房氏生活。于右任在伯母的抚养下，

---

[1] 鸣沙句：敦煌鸣沙山地处甘肃省敦煌市南郊七公里，在巴丹吉林沙漠和塔克拉玛干沙漠的过渡地带。魏晋《西河旧事》中记载："沙州，天气晴明，即有沙鸣，闻于城内。人游沙山，结侣少，或未游即生怖惧，莫敢前。"

[2] 天马歌：汉郊祀歌中有《天马》两篇，其一固"元狩三年马生渥洼水中作"，其二为"太初四年诛宛王获宛马作"。（《汉书·礼乐志》）

七岁入私塾，师从第五（复姓）先生。十一岁随伯母迁至三原东关，跟当地有名的塾师毛先生（班香）学习。在这里，他学习了经史、诗文，并跟随毛班香之父毛汉诗学习草书，使得后来他的草书闻名于世。

于右任早年是同盟会成员，长年在国民政府担任高级官员，同时也是中国近代书法家，是复旦大学、上海大学、国立西北农林专科学校（今西北农林科技大学）的创办人和复旦大学、私立南通大学校董等。

编者按

1944年，莫高窟满目苍痍、流沙堆掩，建立保护机构以便管理、保护、研究和宣传敦煌文物艺术刻不容缓。在于佑任的呼吁和社会各界的声援下，在敦煌莫高窟九层楼南边不远的一个院落里，国立敦煌艺术研究所正式成立。由留学法国归来的油画家常书鸿任首任所长，延聘一些画家和学者，在异常艰难的条件下，走上了敦煌石窟文物保护、研究漫长而艰巨的道路。敦煌终于结束了四百多年来在民间缺乏有效管理的状态，第一次受到国家的庇护。

1941年10月初，于右任先生从酒泉出发抵达敦煌。在七区专员曹启文、敦煌县长章朗轩以及马云章、卫聚贤、孙宗慰、张庚由、张石轩、任子宣、李祥麟等的陪同下，或骑马或乘大轱辘车，游历了敦煌的名胜古迹。登临鸣沙山，俯眺月牙泉时，留下此诗。

玉门出塞歌

罗家伦

左公柳[1]拂玉门[2]晓，塞上春光好，天山[3]融雪灌田畴，大漠飞沙旋落照。沙中水草堆，好似仙人岛。过瓜田，碧玉

---

[1]　左公柳：左公柳是晚清重臣左宗棠西进收复新疆时带领湘军一路所植道柳，19世纪下半叶他为收复新疆而率领湘兵来到西北大漠，深感气候干燥，而又水土不服，左公遂命令筑路军队，在大道沿途、宜林地带和近城道旁遍栽杨树、柳树和沙枣树，名曰道柳。后来人们便将左宗棠和部属所植柳树，称为"左公柳"。

[2]　玉门：即玉门关。

[3]　天山：亚洲中部的大山脉。横亘中国新疆维吾尔族自治区中部，西段伸入中亚。

葱葱；望马群，白浪滔滔。想乘槎张骞[1]，定远班超[2]，汉唐先烈经营早。当年是匈奴右臂，将来便是欧亚孔道[3]。经营趁早，莫让碧眼儿射西域盘雕。

作者简介

罗家伦（1897—1969 年），字志希，笔名毅。浙江绍兴柯桥镇江墅村人。他是五四运动的学生领袖和命名者，我国近代著名的教育家、思想家和社会活动家。父传珍，曾任江西进贤等县知县，思想比较进步，家伦幼年就受其父影响。早年求学于复旦公学和北京大学，是蔡元培的学生。

1919 年，在陈独秀、胡适支持下，与傅斯年、徐彦之成立新潮社，出版《新潮》月刊。同年，当选为北京学生界代表，到上海参加全国学联成立大会，支持新文化运动。五四运动中，亲笔起草了唯一的印刷传单《北京学界全体宣言》，

[1] 乘槎张骞：张骞（前 164—前 114 年），字子文，汉中郡城固（今陕西省汉中市城固县）人。建元二年（前 139 年），奉汉武帝之命，率领一百多人出使西域，打通了汉朝通往西域的南北道路，即丝绸之路。南朝梁宗懔《荆楚岁时记》载：汉张骞奉命出使西域寻河源，乘槎经月，到一城市，见有一女在室内织布，又见一男子牵牛饮河，后带回织女送给他的支机石。

[2] 定远班超：班超（32—102 年），东汉军事家、外交家，字仲升，扶风安陵（今陕西咸阳东北）人。曾出使西域，在西域活动了三十一年，击破了匈奴在西域的势力，使西域各族人民摆脱了匈奴的奴役，恢复了中西交通的道路。

[3] 孔道：通道。

提出了"外争国权，内除国贼"的口号。民国年间，担任国立中央大学、国立清华大学校长之职。1949年赴台湾。

编者按

　　这首词的作者是民国期间的教育部长罗家伦先生。他当时要出使法国，途经新疆，考察了当地政治、经济、文化和民俗之后，写下这首脍炙人口的诗篇。之后由当时著名的音乐家赵元任先生作曲，曾经在海峡两岸学生中间广为流传。

克什克腾旗[1] 人

张长弓

山亲水亲人更亲，旅程处处听乡音。

秀峰促膝对密友，细水盘桓话古今。

昔年大漠随风舞，今日田畴变绿荫。

逢人若问何方客，俺是克什克腾人。

作者简介

张长弓（1931—2000年），原籍山东青州，出生于内蒙古克什克腾旗经棚镇。当代作家，曾任内蒙古自治区作协副主席。

编者按

此诗流露出作者身为克什克腾人的喜悦自豪之情，同时也揭示了此地的新变化、新发展，正如诗中所写的那样"昔年大漠随风舞，今日田畴变绿荫"。

---

[1] 克什克腾旗：位于内蒙古东部赤峰市西北部，地处蒙古高原与大兴安岭南端山地和燕山余脉七老图山的交汇地带。